赤川次郎

紙細工の花嫁

実業之日本社

JN229958

実業之日本社文庫

目次

紙細工の花嫁

紙細工の花嫁

プロローグ

屋上は、強い風が吹きつけていた。

小田恭子《おだきょうこ》は、屋上に出ると、髪がたちまち見えないいたずらっ子にかき回されたようになってしまうので閉口した。しかし、ここへ呼び出したのは――ここを指定したのは自分なのだから、仕方ない。

それに……。そうだわ、と小田恭子は思った。

こんな風に、強い風が吹いている方が、ふさわしいじゃないの。――決闘の場面には。

西部劇でも、決闘の時はなぜか決って風が吹いている。

決闘ね。――恭子は、わざと冗談めかして考えようとしている自分に気付いていた。一体どんなことになるのか、見当もつかないのだ。

――二時五十八分。恭子の腕のデジタル時計の文字は、そう出ていた。

恭子は、つい、事務服のポケットを無意識に探っている自分に気付いた。もうタバコはやめたんじゃないの。彼と付合い出してから。

そう。梶原真一《かじわらしんいち》と付合い始めて、最初にやったのが、タバコをやめることだった。

梶原真一は、自分がタバコを喫《す》わないというだけで、別に、恭子にやめた方がいいと言ったわけでもなかったのだ。ただ、二人で喫茶店に入り、話をしている時、隣席の人のタバコの煙が流れて来て、梶原の顔にからまった。

その時、梶原は、ちょっと顔をしかめたのである。それを見た時、恭子はタバコをやめようと決め、またそれはいとも簡単なことだった。

高校生のころから喫っていて、何度か、

「やめよう」

と、思い立ちながら、結局長続きしなかったのに……。

それが、好きな人のためなら、苦痛でないどころか、楽しみですらあるのだ。

恭子は、この四か月、全くタバコに手を出していなかった。

それが今は……。緊張しているせいだろう。つい、ポケットの中を探ってしまった。

三時。——オフィスでは十分間の休憩時間で、みんながホッと息をつき、腰をのばし、お茶をいれに立って行く……。

でも、こんな風の強い日に、屋上へ出て来る者はあるまい。それに、もう十月も末で、風はいささか冷たくさえ感じられる。

小田恭子は二十四歳のＯＬ。この十二階建のビルの八階にある〈総務部〉の所属である。

「恭子さん」

と、呼ばれて、恭子はギクリとした。

「松井《まつい》さん……。すみません、こんな所に来てもらって」

いつやって来たのか、気付かなかったのである。やはり、風が強いせいだろう。

松井見帆《みほ》は、風で髪が乱れても、大して気にしている様子はなかった。

「いいわよ、気持いいじゃないの、風に吹かれるのも」

と、松井見帆は言って、「――そのビルが建つと、見はらしが悪くなるわね」

と、建築中のビルの方を見る。

「ええ……」

「私に用って？」

恭子は、一度深呼吸をして、唇をしめした。――松井見帆は、職場の先輩ではあるが、個人的な問題では対等だ。何も、遠慮することなんか、ないんだ。

そう何度も自分に言い聞かせていたのだったが、いざ、こうして面と向うと……。やはり、今年二十九歳の、ベテランの落ちつきは、恭子をひるませるに充分だった。

「あの――仕事のことじゃないんです。あの――個人的なことで、お話が……」

「そうでしょうね。わざわざこんな所へ呼び出すくらいだもの。何なの?」

松井見帆は、別に迷惑がっているとか、敵対心を抱いているという様子ではなかった。

大体が、よく気が付くし、後輩の面倒もよく見てくれる。――ただ、しくじったりした後輩のOLが、謝ろうとせずに言いわけしたり、ごまかそうとすると、猛烈に怒る。その怖さは、大変なものだった。

恭子は、思い切って、正面から松井見帆を見つめて、言った。

「梶原さんのことなんです。――私、梶原さんを好きです。愛してるんです」

一気に言って、松井見帆の様子をうかがう。しかし、見帆は、いつもの冷静な表情を崩さなかった。

「だから?」

と、促《うなが》す。

「松井さんと……今、お付合いしてますよね、梶原さん」

「どこで聞いたの、そんなこと」

「みんな知ってます。噂《うわさ》してるし……。私も──私も見ました。この間の土曜日、梶原さんと、あなたがホテルに入るとこ……」

恭子の声は、勢いを失った。

「後を尾《つ》けてたの？」

「すみません」

と、恭子は謝った。「でも──私、真剣です。正直言って、迷った時期もありました。でも、今は自分の気持がはっきり分ってるんです。梶原さんのことが好きなんです」

見帆は、ちょっと小首をかしげると、

「私に、諦《あきら》めろ、っていうことね？」

「あの──」

と、言いかけて、恭子は息をつき、「そうです。勝手な言い方ですけど。お願いします。あの人から……手を引いて下さい」

「間違わないでね。あの人の方が、私を誘って来たのよ」

「ええ……。でも、松井さんは、梶原さんと結婚するつもりはないんでしょう?」

「あら、私じゃあの人の妻にはなれない、っていうのね?」

「いえ――そういうつもりじゃ……」

と、恭子は詰った。

風が吹く。――しばらく、どちらも口をきかなかった。

松井見帆が、ちょっと肩をすくめた。

「いいわ」

恭子は顔を上げて、

「え?」

「結婚なんて面倒でね。あなたがそんなに梶原君にご執心なら、譲るわよ」

恭子の頰《ほお》が赤く染まった。

「本当ですか!」

「今度は信用しないわけ?」

と、見帆は苦笑した。

「いいえ……。ありがとう! 私、ご恩は忘れません」

「よして、よして、そんなに頭下げるのは。——ま、せいぜい頑張ってね。話はそれだけ？　じゃ、私、戻るわよ。お茶を一杯飲みたいから」

「ありがとう……」

と、恭子はもう一度言った。

しかし、もう松井見帆は、恭子に背を向けて、足早に歩き出していた。

屋上で一人残った、小田恭子が、いささか見っともないほどスカートを翻《ひるがえ》して、屋上を跳《と》びはねて回ったとしても、まあここは大目に見なければならないだろう。

なぜといって——もちろん、小田恭子は、自分が今、悲劇の種をまいたのだ、などとは、思ってもみなかったのだから……。

1　死の予告

「あら」

と、思わず声を上げたのは、神田聡子《かんださとこ》である。

聡子は、同じ女子大生で親友の塚川亜由美《つかがわあゆみ》の家へ行くところだった。あと数分というところまで来て、見知った顔を見かけたのである。

「殿永《とのなが》さん！」

と、聡子は、コロコロ太った割には足の早い、その刑事に声をかけた。

殿永は、振り向いて、

「や、これはどうも」

と、会釈したが、いつもの愛想のいい笑顔は見せなかった。

「亜由美の所へ？」

「そうです」

と答えるのも惜しい感じで、殿永は歩き出した。

聡子も、あわてて一緒に歩き始める。

「でも——ねえ、殿永さん、どうしてそんなに急いでるんです？」

「一刻を争うかもしれないんですよ」

「一刻を？　亜由美が、また何かやらかしたんですか」

当の亜由美が聞いたら怒るだろう。

塚川亜由美は、決して殺し屋でもギャングでも大泥棒でもない。むしろ、何か事件にぶつかると、危険を承知で首を突っ込み、解決の手助けはするものの、下へ手をすれば命も落としかねないこと、しばしばで、仲のいい、この刑事を嘆《た》かせているのである。

「神田さんは、何も聞いていないんですか」

と、殿永が言った。

「ええ。ただ、昨日さぼった講義のノートを見せてもらおうと思って」

「きっと、塚川さんは、それどころじゃないと思いますね」

「どうしてですか?」

殿永は、亜由美の家が見えて来ると、やっと少し安心した様子で、足取りをゆるめた。

「実は、さっき亜由美さんから電話がありまして」

と、殿永は言った。「亜由美さんを殺すという予告の手紙が届いた、というんですよ」

「ええ?」

聡子も仰天した。「亜由美ったら! 何をやらかしたのかしら?」

「いや、私も悪かったのです」

と、殿永は反省している。「ついつい、あの人に、好きなようにさせてしまう。

おかげで、いくつか事件が解決したのは確かですが、犯人たちから恨まれているのも間違いない」

「そりゃそうでしょうね」

と、聡子は肯《うなず》いた。「じゃ、その中の誰かが亜由美を――」

「手遅れでなければいいんですがね」

殿永がチャイムを鳴らすと、

「はあい」

と、至って元気のいい、「被害者」当人の声が聞こえて来た。

「無事みたい」

と、聡子は言った。

そう。大体、亜由美みたいなタイプは、めったなことじゃ、死にゃしないのである。

「――あら、聡子も一緒？」

と、ドアを開けた亜由美は、「さてはデートの最中だったのかな、二人で？ハハハ」

明るい笑いは、とても「命を狙《ねら》われている人間」のものとは思えなかった。

「いいですか」

と、殿永はため息をついて、「チャイムが鳴って、そんなにすぐパッと開けちゃいけません。もし、ここに立っているのが、私たちでなく、殺し屋だったら、どうするんですか？」

「まあま」

と、亜由美はポンと殿永の肩を叩《たた》くと、「人間、いつかは死ぬんですよ、ねえ！」

殿永と聡子は、思わず顔を見合わせてしまったのだった……。

「宛名が違ってる？」

と、聡子は言った。

「そうなの。本当に人騒がせよねえ。うちに来た郵便物の中に、全然違う人宛てのが混じってたの」

「それが、例の殺人予告だったわけ？」

「そういうこと。配達する人も、気を付けてくれなきゃね」

「何言ってんのよ！　宛名も見ないで、開封して、中の手紙で大騒ぎした亜由美の方だって、相当なもんよ」

と、聡子は言った。「呆《あき》れてものも言えない。——ねえ、ドン・ファン」

「ワン」

珍しく（？）犬らしい第一声で登場したのは、亜由美の愛犬、ダックスフント のドン・ファンである。いつもは、亜由美の部屋で引っくり返っているのだが、今は、リビングルームのソファに、たっぷり場所を取って寝そべっていた。

どっちにしても、あまり勤勉な態度とは言えない。

「いや、何もなくて良かった」

と、殿永は言った。

「ご心配かけて、すみません」

と、亜由美も一応は恐縮して見せた。

「いや、あなたの無事な顔を見れば、多少の迷惑なんか、どうってことはありませんよ」

「まあ、本当に良かったわねえ、亜由美」

と、母親の清美《きよみ》が居間へ紅茶などを運んで来る。

「これで亜由美もまた留置場かと思ってたんですよ」

「お母さんは何だか私を追い払いたがってるみたいね」

と、亜由美が皮肉を言ってやると、

「だって、なかなかお嫁に行ってくれないんですもの。せめて、留置場にでも入ってってくれないと」

どういう親だ？　亜由美は頭に来たのだったが……。

「じゃ、ともかくその〈殺人予告〉の手紙を拝見しましょうか」

「ええ。これ……。あら？　どこにいったのかしら」

と、亜由美はキョロキョロ見回して、「ドン・ファン、あんたどこかにやらなかった？」

「ワン！」

あらぬ疑いをかけられて、ドン・ファンは猛然と抗議（？）した。

「亜由美ったら、捨てちゃったんじゃないでしょうね」

と、聡子が言った。「やりかねないものね、亜由美だったら」

「いくら何だって――。お母さん！」

と、亜由美は飛び上りそうになって、「あの手紙、どこかにやらなかった？」

「ああ、宛名が違ってたってやつ？　間違ってたから、ポストへ放り込んで

──」

「お母さん！」

亜由美が目を丸くした。「まさか──」

「放り込もう、と思って、持ってたのよ」

と、清美は封筒をポケットから取り出した。

亜由美、殿永、聡子の三人は同時にホーッと息をついた。ドン・ファンは、代りに、

「クゥーン……」

と、一声鳴いたのだった……。

早速、中の手紙を出してみる。

「これは？」

と、殿永が、手紙と一緒に出て来た物を見て、目を見開いた。

「ね、私もこれ見て、てっきり、結婚式場の宣伝かと思ったの」

「相手もいないのに宣伝が来る？」

と、聡子が素朴な疑問を提出した。

「いなくて悪かったわね」

「誰も悪いなんて言ってないじゃない」

「まあまあ」

と、殿永がなだめる。「紙細工の花嫁の人形か……。何のおまじないかな」

ウェディングドレスを着た花嫁の形に、紙を折って人形が作ってある。

「手紙の方を見ましょう」

と、殿永が手紙を開いた。

まるで活字のような、特徴のない字で、文面は簡単だった。

〈女の恨みの深さを忘れるな。死がお前を訪れるだろう〉

「署名はなし、と」

殿永は首を振って、「さて、どんなものかな」

「ただのいたずらだと思います？」

「どうかな。それは当人に訊《き》いてみないと、分らないでしょうね」

殿永は封筒の宛名を見た。「――梶原真一か。この人をご存知ですか」

「いいえ」

と、亜由美は首を振った。「住所がね、うちと、ほら、何番何号っていうのが逆になってるの。それで、配達の人が間違えたんだと思います」

「なるほど。すると、あなたが全然知らない人ですか。いや、良かった！」

と、殿永は息をついた。「では、後は私にお任せを。——今回はあなたを巻き込まずにすみそうです」

「あら。でも——」

と、亜由美は心外という様子で、「間違って手紙を開けてしまった人間として、これを届けて、お詫《わ》びしなきゃ」

「そうよ」

と、聡子も肯いて、「私も亜由美の友人として、付き添って行く義務があります」

「ドン・ファンはどうする？」

それを聞いて、ドン・ファンはソファからポンと降りると、トコトコ玄関の方へと歩いて行った。

殿永は、ため息をついて、

「責任は持ちませんよ、私は」

と、言った……。

「松井さん」

と、声がして、松井見帆はびっくりして顔を上げた。

「あら、結木《ゆうき》君。まだ残ってたの？」

「コーヒー、飲みませんか？」

と、結木健児《けんじ》は、ポットを持ち上げて見せた。

「あら、どうしたの？」

「夜の会議用に頼んだのが、二人分余ってるんです」

「じゃいただくわ」

松井見帆は、仕事の手を休めた。

オフィスには、もう人影がなかった。——夜も九時を回っている。

「まだ帰らないんですか」

と、結木健児はカップにコーヒーを注いで言った。

「どうせ帰っても一人暮しだしね。仕事を残しとくのも却《かえ》って気になるから」

と、見帆はコーヒーを一口飲んだ。「おいしいわ」

「そうですね。自動販売機のコーヒーより、ずっとましだ」

「結木君、何の仕事だったの？」

と、見帆は訊いた。

「会議の手伝いです」

「まあ。それじゃ、田崎《たさき》課長に言われて？　いやだって言えばいいのに」

「でも、僕もどうせ帰っても、することないし」

と、結木健児は笑った。

「田崎さんも、勝手ね」

と、見帆は眉をひそめた。「あなたはアルバイトなんだから、そんなに残ってまで働くことないのよ」

結木は、見帆の言葉に、ただ笑っただけだった。

見帆は結木のことを気に入っている。――もう、アルバイトとして、三年近く働いていて、しかも真面目で熱心なので、なまじの大学出より、よほど役に立つ。

アルバイトは残業しても手当が出ないので、遠慮なく五時で帰ってもいいのだが、結木はその点、頼まれるとたいてい快く残っている。

課長の田崎などは、重宝なので、よく結木を残らせているのだった。

結木は二十三歳。高校卒だが、よく勉強していて、年齢よりもずっと大人びた落ちつきを感じさせるところがあった。

「明日、梶原さんと小田さんの結婚式でしたね」

と、結木は言った。

「ええ。田崎さんは出るんでしょ?」

「ブツブツ言ってました。この忙しいのに、って」

「自分だって、結婚した時は周囲に色々、迷惑かけてるでしょう?」

「あの人は、そういう風に考えませんよ」

と、結木は肯いて見せる。

確かにそうだ。自分の借金はすぐに忘れ、他人に貸した金はいつまでも憶えているというタイプなのだ。

「松井さんは、出席するんですか?」

と、結木が訊いた。

「ええ。こんな年齢になると、きれいな服を着て、人の結婚式に出る、っていうのが、結構楽しみなの」

と、見帆は微笑《ほほえ》んで言った。「——さ、私もこの仕事をやって帰るわ」

「あ、僕、片付けますよ、カップ」

「そう? 悪いわね。ごちそうさま」

と、見帆は言った。

「じゃ、お先に」

と、結木はカップとポットを盆にのせて、オフィスを出て行った。

見帆は、また机に向うと、仕事にかかる。——オフィスの中は、ひっそりと静まり返ってしまった。
五、六分して、見帆は、ふと足音に顔を上げた。
「——結木君？」

と、声をかけると……。

「精が出るね」

と、ドアを開けて入って来たのは、課長の田崎だった。

「まだいらしたんですか」

見帆は、少し素気なく言った。

「結木が帰るのを待っていたのさ」

赤ら顔で、いつも少し酔っているように見える。

「なかなか帰らんで、ぐずぐずしてやがって。苛々《いらいら》したよ」

「勝手なことを。——残業させたのはご自分でしょう」

と、見帆は言った。

「人件費の節約さ。何しろ細かいからな、今の専務は」

と、田崎は肩をすくめた。

「お帰りにならないんですか」

見帆は仕事に戻った。

「今日は遅くなると言って来てあるし……」

田崎は近寄って来ると、見帆の肩に手をかけた。

「やめて下さい」

「今夜は君も寂しいだろ。何しろ梶原が明日は結婚する」

「関係ありません」

「強がるなよ。——なあ、久しぶりで、どうだ?」

田崎の手が、見帆の首筋を、そっとなでた。

見帆は、一瞬身を震《ふる》わせたが、田崎の手を払いのけようとはしなかった……。

2 孤独な夜

「さっぱり心当りはありませんね」

と、梶原真一は首をかしげて言った。

「そうですか」

殿永は肯《うなず》いて、「いや、もちろん、いたずらだろうとは思ったんですがね。万が一、ってことがありますから、こちらの塚川さんからのご連絡で、こうしてやって来たんですよ」

「そりゃどうも。――遅い時間までお待たせしちゃって、すみませんね」

と、梶原は恐縮している。

亜由美と殿永の二人だけで、梶原の家へやって来たのである。

梶原の帰宅が夜の十一時近く、ということで、さすがに聡子とドン・ファンは遠慮することになったのだ。

「何しろ明日は結婚式なものですから、色々と雑用が多くて」

「ほう」

と、殿永は言った。「それはおめでとうございます。いや、そんな時に妙な話を持ち込んで、すみませんね」

亜由美は、なかなかもてそうな人だわ、この人、と思って眺めていた。結婚相手の他に、恋人の一人や二人いても、おかしくはない。

「いや、しかし……。何だろうなあ、この手紙？」

「心当りはないわけですね。失礼ですが……」

「誰かを振って、小田恭子と結婚するとか？　僕はそんなにもてません」

と、梶原は苦笑した。「まあ、たちの悪いいたずらだと思いますがね」

「それなら結構です。――この手紙は、どうしますか？」

「さあ。僕の方は別に……」

「じゃ、一応私の所で預かりましょう」

と、殿永は手紙をポケットに入れて、立ち上った。

「ご迷惑をかけて、すみません」

と、梶原は、亜由美にも謝った。

――梶原の家を出て、亜由美と殿永は歩き出した。

「一人で帰れます」

と、亜由美が言うと、

「いや、レディをお送りするのは、私の役目ですからね」

「じゃ、送っていただこう」

歩いて十五分ほどの道である。

夜風は少し冷たい。亜由美はコートをはおっていた。

「——どう思いました？」

と、殿永が訊いた。

「もてない、ってこともないみたい」

「そうですね。——私の勘では、あの男はなかなか真面目らしい。もちろん真面目な人間が罪を犯さないというわけじゃありませんがね」

「罪って——」

「いやいや、一般論としてです。しかし、確かに感じの悪い男じゃない。いわゆるプレイボーイのタイプじゃありませんな」

「同感です」

「塚川さんに同意していただけると、心強いです」

「何だか皮肉に聞こえますけど」

と、亜由美は苦笑した。

「私はいつも正直です」

「正直な人が罪を犯さないとは限りませんけど」

「やあ、これはやられたな」

と、殿永は笑った。「――そこでね、心配なのは、この手紙の方です」

「いたずらじゃない、と？」

「いたずらかもしれません。しかし、梶原真一が明日結婚することを、この手紙を出した人間は知っていたでしょう」

「そうでしょうね」

「すると、ある程度、梶原に近い人間ということになる。これは、悪友がふざけて出したものではありません。それなら、もっと大げさな内容になるでしょう」

殿永は真剣だった。

「じゃ――本当に危険がある、と思ってるんですね」

「取り越し苦労ならいいのですがね」

と、殿永は首を振った。「幸か不幸か、私は明日非番でして」

「あら。じゃ……」

「一日、家で寝ているつもりでしたが、どうも、用もないのに、結婚式場へ出かけて行きそうな気がします」

と、殿永は言った。

もちろん、殿永に、そんなつもりがなかったことは間違いない。しかし、亜由美の方も、明日は講義を自主的に休講にしようと決心していたのである……。

「ただいま」

松井見帆は、ドアを開けて、言った。

もちろん返事はない。一人住いのアパートである。返事があったら、それこそ大変だ。

でも——たとえ空巣か何かでも、このアパートの、空しく寒々とした部屋の中にいてくれたら、と見帆は思うことがあった。今夜みたいな夜には特に……。

見帆は、ドアを閉め、鍵《かぎ》をかけようとして、思い直した。鍵もチェーンも、かけないままで部屋へ上り、そのまま部屋の真中で服を脱ぎ始める。

もし誰かがドアを開けたら……。それはちょっとしたスリルだった。

裸になると、見帆は小さな浴室へ入って行った。——ホテルで、ちゃんとお風呂には入ったのだが、まだ田崎の匂《にお》いが残っているような気がしたのだ。

シャワーをゆっくりと浴びて、ほぼ二十分ぐらいかかっただろうか。

バスタオルを体に巻いて、部屋へ戻ると、やっと玄関のチェーンと鍵をかけた。

「馬鹿なことして……。何やってるんだろうね」

と、自分でも笑った。

田崎と一緒に、ホテルの部屋で少し飲んだから、その酔いが残っているのだろう。

酔ってでもいなきゃ、田崎なんかに抱かれていられない。

見帆は頭を振った。――しっかりして！

明日、何を着て行くか、考えなきゃ。美容院は午前中に行けば間に合うとして……。

もちろん、今の若い人たちみたいに、まるでTVのアイドル歌手みたいな、派手なものを着て行くわけにはいかない。ある程度、年齢にふさわしい、落ちついたもの。それでいて、お洒落《しゃれ》な……。

「言うは易く、ね」

と、見帆は苦笑した。

電話が鳴り出した。——見帆は、TV電話でなくて幸い、と思いつつ、受話器を取った。

「もしもし」

「あら、梶原さん？」

「ああ。さっき電話したけど、帰ってなかった？」

「ちょっとね。やけ酒よ。分るでしょ？」

梶原は笑って、

「デートかい？」

「まあね」

と、見帆は軽く言って、「どう、ご気分は？　緊張してる？」

「いささかね」

「ま、頑張って。明日はうんと泣かしてあげるわ」

「勘弁してくれよ」

と、梶原は情ない声を出した。

それから、梶原は真剣な口調になって、

「でも、本当に君のおかげだよ。何とお礼を言っていいか分らない」

と、言った。

「あらあら。ちゃんとお礼はいただいてるわよ、私」

と、見帆は言った。「そんなことより、恭子さんを大事にしてあげることね」

「分ってる。しかし……」

「何かあったの？」

「いや、そうじゃない。ただね、君が社内であれこれ言われてるんじゃないかと思って、気になってるんだ」

「そんなこと、慣れっこよ」

と、見帆は笑って、「気にすることないわ」

「うん……。本当にありがとう。明日、お礼を言う時間はないだろうからと思ってね」

「ええ。それじゃ今夜は早く寝て。明日はあんまり眠れないわよ」

見帆の言葉に、梶原は照れくさそうに笑った。

「じゃ、おやすみなさい」

見帆は、電話を切った。——少し、気分が良くなる。

派手にクシャミをして、あわてて服を着た。濡《ぬ》れた髪を乾かそうとドライヤーを取りに行こうとすると、また電話が鳴り出した。

「誰かしら。——はい。もしもし？」

少し間があった。見帆が、口を開きかけた時、

「あんたの気持は分ってるよ」

と、低くかすれた、囁《ささや》くような声が聞こえて来た。

「え？」

いたずらだわ、と思った。大して珍しくもない。こういう手合は無視するに限る。

見帆は、さっさと切ろうとした。すると、その囁く声は、

「明日の結婚式を楽しみにしてな」

と、言ったのである。

「何ですって？」

見帆はびっくりした。「あなた、誰なの？」

「いいかね。あんたの恨みは晴らしてやる」

「恨みって……」

「あんたの気持は、誰よりも、俺《おれ》が良く分ってるんだよ……」

「玄関の上り口に置いた人形にかけて、誓うよ。女を食いものにする奴《やつ》は、生かしちゃおかない……」

誰の声だろう？　見帆には見当もつかなかった。

「明日の結婚式のことをどうして知ってるの？　ねえ！」

見帆の質問には、その声は答えなかった。

「思い知らせてやるんだ……。あんたの恨みをね」

「待って。——もしもし？」

電話は切れていた。——見帆は呆然《ぼうぜん》としていたが、ふと、今の電話の言葉、「玄関の上り口の人形」を思い出して、目を玄関の方へ向けた。

そこには、紙細工の、ウェディングドレス姿の花嫁が、ちょこんと置かれていた。

いつの間に？——帰って来た時、なかったのは確かである。

では……。鍵も何もかけずに、シャワーを浴びている間に、入って来たのだ！

見帆はゾッとした。

この人形……。これは一体何の意味だろう？

「何の話？　ねえ——」

電話の声は、男とも女ともつかなかったが、ともかく明日、梶原と小田恭子が結婚することは知っている様子だった。

あんたの恨みは晴らしてやる……。女を食いものにする奴は……。

無気味なものを、見帆は感じていた。――いやな気分だ。

考え込んでいると、また電話が鳴って、

「キャッ！」

と、思わず声を出してしまった。

まさか、さっきの誰かが、また……？

こわごわ受話器を取ると、

「あ、すみません！　こんな時間に」

と、元気な声が飛び出して来る。

「あら、洋子《ようこ》さんね」

見帆はホッとして、言った。

「はい、五月《さつき》洋子です」

と、わざわざ名乗って、「分ります？」

「そんな声を出す人は他にいないわよ」

と、見帆は言ってやった。「どうしたの？」

「明日の、梶原さんと小田さんの式なんですけど」

と、五月洋子は言った。「どうしても、ワンピースに、真珠のネックレスがほしいんです。もしかして、松井さん、お持ちだったら、と思って」

「ああ、持ってるわ。いいわよ。じゃ、明日、式場へ持って行くから」

「わあ、助かった！　感謝します！」

五月洋子は、二十一歳の、まだ新人のＯＬである。

たいていは煙たがる新人が多い中で、洋子は珍しく松井見帆のことを頼って来る。明るくて、よく働く子で、見帆も色々面倒を見ていた。

「そんなに大げさに喜ばないで」

と、見帆は笑って言った。「じゃ、忘れないように出しておくわ」

「よろしくお願いします」

と、洋子は言って、「明日、松井さんはスピーチ、なさるんですか？」

「私？　私はしないわよ」

「いいなあ。私、歌わなきゃいけないんですよ！」

と、洋子は嘆く。「音痴《おんち》なのに！　一人じゃないのが救いですけど、みんなが私につられておかしくなっちゃうんじゃないか、心配で」

「そんなに気にしないわよ。おめでたい席なんだから、少々のこと、みんな何も言わないわ」

「そうですねぇ……。ともかく、心配してても始まらないし」

「そうそう」

「じゃ、おやすみなさい！　また明日！」

洋子の元気の良さは、正に小学生ののりである。

見帆も少し気持が軽くなって、電話を切った。

忘れない内に、と真珠のネックレスを出して来る。——これでいい。

明日のことを考えよう。楽しいことを。

見帆は、あの奇妙な電話のことを、頭から追い払おうとしたのだった……。

3　式場にて

「あら、亜由美」

と、母の清美が、目をパチクリさせて、「そんな格好で大学に行くの？」

「まさか。──見りゃ分るでしょ」

と、亜由美はイヤリングをつけながら、「結婚式なのよ、結婚式」

「あなた、そんなこと、言ってなかったじゃないの」

「言ったって、どうせお母さんは忘れちゃうじゃないの」

と、亜由美は言い返してやった。

「誰かお友だちの？」

「ううん。私のよ」

「あ、そう」

と、肯《うなず》いて、「──亜由美！」

「冗談よ。たまにゃ、お母さんをびっくりさせようと思って」

「親をからかわないでよ」

と、清美は苦笑した。

「じゃ、行って来る」

亜由美は、足早に家を出た。殿永が調べてくれたので、梶原真一の結婚式が、午後の三時から、と分った。殿永と向うで落ち合うことにしていたのである。

「ワン」

気が付くと、ドン・ファンが目の前に待ち受けている。

「ドン・ファン。お前も行くの？」

「ワン」

「行ってもいいけど、入れてくれないかもしれないわよ、犬は」

「ウー……」

「私に怒んないでよ！　私はただ客観的な事実を――」

と、言いかけて、亜由美は目を丸くした。「聡子！」

「へへ……。私にこっそり、いい思いをしようったって、そうはいかないんだからね」

カクテルドレスで、やたらドレスアップした聡子、クルッと回って見せて、

「いかが？」

「いかが、じゃないわよ！　遊びに行くわけじゃないのよ」

「分ってるわよ。殿永さんに電話して聞いちゃった。殿永さんもね、亜由美一人で行かせるのは心配だって。ぜひ、私にも行ってほしいってことだったの。やっぱり、見る目のある人が見ると、本当に頼りになるのは誰なのか、よく分るのよね」

「分った、分った」

亜由美はため息をついて、「じゃ、聡子。一緒に行ってもいいから、ドン・ファンの面倒見てやって」

「OK。ほら、ドン・ファン、あんたのご主人はあんたのこと、邪魔にしてるわよ。そんな冷たいご主人のことは放っといて、私とデートしよ。ね？」

「クゥーン……」

ドン・ファンが甘ったれた声を出して、いそいそと聡子の足下へ。

全く、もう！　亜由美は、この「忠実でない飼犬」を、思い切りにらんでやったのだが、当人は、一向に気にとめない様子だったのである……。


結婚式場に着いたのは、殿永と待ち合せた時間よりも、大分早かった。

「ねえ、亜由美」

と、聡子が言った。「私たちさ、どこの披露宴にも招待されてないのよ」

「当り前でしょ」

「じゃ、どこで食事すりゃいいの？」

「あのね、ご飯食べに来たわけじゃないのよ、私たち」

と、亜由美は言って、「それにしても、凄《すご》いわね。今日は大安?」

ロビーは人で溢《あふ》れている。もちろん男性もいるのだが、何といっても影が薄い。華やかな衣裳《いしょう》の女性陣は、正に花園みたいにあでやかさを競っていた。

「ともかく、どこで問題の披露宴があるのか、見て来るわ」

と、亜由美は、〈本日の挙式〉という大きなパネルの方へ歩いて行った。

ええと……。梶原家と、確か——小田だったわね。小田恭子。

「あ、これだ。——〈三階カトレア〉か」

と、亜由美が呟《つぶや》くと、急に背中にグッと何かが押し当てられた。

「手を挙げろ！　振り向くと命はないぞ！」

ワッ、とびっくりして、亜由美は反射的に手を挙げてしまったが……。後ろで、派手な笑い声が起る。

「——洋子！」

亜由美は振り返って、「人をびっくりさせて！」

「相変らずにぎやかねえ、亜由美」

「どっちのセリフよ！」

と、亜由美は洋子をつついてやった。「今日は?」

「もちろん結婚式よ。私の——じゃないけどね」

「良かった。抜かされたかと思ったわ」

と、亜由美は笑って、「ね、どの式に出るの？」

と、パネルを指す。

「これ、〈梶原家・小田家〉ってやつよ」

「ええ？」

亜由美はびっくりした。「偶然ねえ！」

「じゃ、亜由美も招《よ》ばれてるの？」

「ううん、そうじゃないの」

洋子は、目をパチクリさせている。

「——聡子。紹介するわ。私の小学校のころの友だちなの。五月洋子、これが目下の悪友、神田聡子よ」

二人は、にこやかに挨拶《あいさつ》をかわした。

「それから、これが目下の恋人」

と、亜由美はドン・ファンを紹介した。

「わ、可愛い！　頭の良さそうな犬だね」

と、五月洋子がかがみ込んで頭をなでると、ドン・ファンは、じっと取り澄ましている。

「あんまり賞《ほ》めないで。すぐ図に乗るたちなの」

と、亜由美は言った。

「ワン」

「ね、私も早く着きすぎちゃったの。そこでお茶でも飲まない？」

と、洋子が誘うと、

「うん……。ただね、もう一人連れが——。あ、来た」

殿永が、一応ダークスーツにシルバータイでやって来るのが見えた。

「あの人？」

洋子が不思議そうに、「亜由美、ずいぶん中年好みになったのね」

と、言った。


「——そんなことがあったの」

と、五月洋子は、亜由美の話を聞いて、言った。

「どう？　あなた、梶原って人と同じ会社にいるんでしょ？　何か思い当ることって、ない？」

「そうねえ」

と、洋子は考え込んだ。「だけど……。まさか……」

「何かあるのね」

「待ってよ。あのね——これは噂《うわさ》なの。ただの噂なのよ」

と、洋子は念を押すように言った。

「噂、大いに結構」

と、殿永が肯く。「それが事実かどうかはともかく、噂が流れているという事実だけでも、一つの手がかりです」

亜由美たちは、式場のロビーにあるティーラウンジに入っていた。ドン・ファンは断られて、仕方なく、ロビーの隅で、ふくれっつらをして（?）座っている。

「——梶原さん、小田さんとね、以前に付合っていたの。でも、小田さんの方がちょっと避けてたことがあって……。これも、もちろん噂よ」

「うん、分ってる」

「で、梶原さん、別の女性と付合い始めたの」

「別の女性？」

「ええ。――松井見帆さん。梶原さんより一つ年上だと思うわ。かなりのベテランで、私もずいぶんお世話になってるの」

「いい人なの？」

「そりゃもう！　若い子は嫌うけどね。でも、ともかく仕事もできるし、いつも冷静で、上の人も、松井さんには一目置いてるわ」

「その人と梶原って人が――」

「そう。一時は結構深い付合いだった、ってことだわ」

「じゃ、どうして小田恭子さんが？」

「そうねえ。その辺の事情はよく知らないんだけど、松井さんにとられた、と思って、小田さん、初めて梶原さんのこと、見直したんじゃないかと思う」

「なるほどね」

と、聡子が肯いて、「そういうことってあるわよ」

「分ったようなこと言って」

と、亜由美が冷やかした。

「何よ！」

「まあまあ」

と、殿永がなだめて、「お二人の仲の良いのは、よく承知してますから」

「亜由美って、相変らずね」

と、洋子が楽しげに言った。

「そんなことよりも、結局、梶原さんは小田恭子をとったってわけね」

「そういうことね」

「じゃあ――」

と、聡子が言った。「そのことじゃないの？　女の恨み、っていうのは」

「考えられますね」

と、殿永が肯く。

「じゃ、その松井見帆って人が、あの脅迫の手紙を？」

「そんなこと絶対ない！」

と、洋子が言い切った。「松井さん、そんなことしないわよ。それに――これも噂だけど――小田恭子さんが、松井さんに頭を下げて、梶原さんを私に譲って下さい、って頼んだ、って聞いてるわ」

「私にゃ誰も頼まない」

と、亜由美は言って、「そんなこと、どうでもいいけど……。ね、問題はただ一つ。あの手紙がただのいたずらなら、どうってことないのよ」

「その通りです」

と、殿永は肯いて、「我々の出動がむだ足になれば、こんないいことはない」

「でも、万一のことがあったら……」

「もし、そんな話が知れたら」

と、洋子が心配そうに、「松井さんのいやがらせ、と思う人が多いと思うわ、社の中でも」

「それじゃ気の毒ね」

「何とか、表沙汰《おもてざた》にならないように――」

「もちろん、何もなければそれきりですよ」

と、殿永が言った。「そのためにも、どこかで、式や披露宴の様子を見られるといいんですが……」

「――あ」

と、洋子がラウンジの入口の方へ目をやって、「松井さんだわ」

松井見帆が、にこやかに笑顔を見せながら、テーブルの方へとやって来たのだった。

「洋子さん。——はい、これ、真珠のネックレス」

「わあ、どうもすみません」

洋子は、ビロードをはったケースを受け取った。

「お邪魔かしら?」

と、松井見帆が、テーブルについた顔ぶれを眺めて言った。

「いいえ。どうぞかけて下さい」

と、亜由美が言った。「私、五月さんの古い友だちなんです。塚川亜由美といいます」

「まあ、そうでしたか。——じゃ、やっぱり今日、こちらの披露宴に?」

「ええ、まあ」

と、亜由美は言って、「——ここで働いてるんです」

「あら。じゃ、会場の方?」

「ええ。学生アルバイトなんですけど」

とてもじゃないが、亜由美の格好は、ここの従業員には見えない。松井見帆が不思議そうに、

「どんなお仕事を?」

と、訊いたのも当然だった。

「ええ。今日はですね、お客さんの代理なんです」

「まあ、お客の代理？」

「そうなんです」

と、亜由美は肯いて、「たとえば——ほら、両方の家の出席者の数が、あんまり違ったりして、アンバランスだと、やっぱり具合が悪いでしょ？　ですから、私たちアルバイトが、出席者のような顔をして、座ってるんです」

「へえ……」

と、見帆は感心した様子で、「色んなお仕事があるんですね」

「ええ。それとか、当日になって、急に花嫁花婿が出られないなんて時も、代りに出ます」

と、亜由美は出まかせを言った。

「ちょっと、亜由美——」

と、聡子がつつく。

「それで、今日は梶原さんと小田さんのお式に出席することになったんです」

と、亜由美は言った。「今、聞いたら洋子もその披露宴に出る、っていうんで偶然ねえって、話してたところなんです」

「まあ、そうなんですか。――あら、会社の人たちが。洋子さん、じゃ、また後で」

「はい。このネックレス、帰りにお返しします」

「いいのよ。何だか妙でしょ、ここでそんなやりとりも。また明日でも」

見帆は腰を上げて、「じゃ、失礼します」

と会釈して、歩いて行った。

「――亜由美ったら、でたらめばっかり言って」

と、聡子が顔をしかめる。

「仕方ないでしょ。もう言っちゃったんだから」

と、開き直った亜由美、「殿永さん。何とかして私たちも、その披露宴に出ましょうよ！」

「しかしねぇ……」

殿永は頭をかいて、「その費用が経費になるかどうか……」

と、自信なげに呟《つぶや》いたのだった……。

4　ウェディングケーキ

いいなあ結婚式って……。

亜由美は、一体何のためにこの披露宴に出ているかということも、強引に三人も出席者をふやすために、殿永がいかに苦労したかということも、きれいさっぱり忘れて、正面に並び立つ、花嫁と花婿を見やって、感激していたのだった。

「料理代と飲物代で、三人分、しめて……」

と、殿永は、何度も頭の中で計算している様子。

亜由美と聡子も一応申し訳ないというので、

「私たちの分は払います」

と申し出たのだが、

「いや、そんなわけにはいきませんよ」

と、殿永が言うと、

「じゃ、すみませんけど、ありがたく――」

と、あっさり殿永の言葉に甘えることにしてしまったのである。

梶原は、殿永と亜由美には会っているわけだが、何しろ服装が全く違うし、当人もあがっているから、とても気付く様子はなかった。

——あれが小田恭子ね。

亜由美は、頰《ほお》を赤らめて、幸せ一杯という様子の、花嫁を眺めていた。

「松井見帆とは対照的ね」

と、聡子が、低い声で言った。

「確かにね。——男って、ああいう、一見おとなしそうな女性の方が好みなのかしら」

「悩んでんの?」

「何で私が悩むの?」

と、亜由美はややカチンと来た様子で、言った。

「大丈夫よ。世の中にゃ、色々好みの違う人がいるから」

「大きなお世話」

と、亜由美は言い返した。

しかし、亜由美とて、殿永の財布をあてにして、晩飯を食べちまおうとばかり考えていたわけではない。

披露宴の始まる前、適当に、あちこちのグループの話に耳を傾けて歩き、情報を集めていたのである。

梶原の会社のOLたちとおぼしきグループの話には、松井見帆の名も出て来た。

「ねぇ、梶原さんだって、松井さんよりも恭子さんの方がいいに決ってるもんね」

「そうよ。松井さんと一日中一緒にいたら、息が詰りそう」

「本当よ」

――どうやら、松井見帆は若い新人OLたちの間では煙たがられている様子だ。五月洋子のように、松井見帆を、頼りになるいい先輩と思っている女の子は例外らしかった。

それから、もう一つ、亜由美が小耳に挟んだのは、ちょっとした言い争いだった。

そろそろ披露宴が始まるという時、手を洗いに行った亜由美は、廊下の隅の、ちょっと奥まった所に、松井見帆の姿を見かけたのだ。

誰かと話している。しかし、彼女の顔はこわばっていた。

「いい加減にして下さい」

と、低いが、きっぱりした調子で、「どこだと思ってるんですか！」

「いいじゃないか。何も、ここで抱かせろと言ってるわけじゃない」

「酔ってるんですか、もう」

「とんでもない。俺《おれ》は正気だよ」

――相手の男は、いかにもくたびれた中間管理職って感じで、しつこそうなタイプに見えた。

もちろん、亜由美としては、もっと話を聞いていたかったのだが、その二人も、それ以上は争わずに披露宴の席へと別々に足を運んで行ったのだった……。

「――課長の田崎様より、ご祝辞をちょうだいしたいと存じます」

司会者の声がして、立ち上った男を見ると、亜由美は、あれ、と思った。

さっき、見帆と言い争っていた男である。

中間管理職という推理（？）には間違いなかった、というわけだ。

田崎という男、およそユーモアとか洒落《しゃれ》たセンスのない男で、スピーチは紋切り型の、「スピーチ実例集」に「悪いスピーチの見本」として収録されそうなものだった。

下手なスピーチでも、心がこもっている、そういうこともあるものだが、田崎の場合はそれもなくて、終った時の拍手は、誰しもホッとした顔の拍手だったのである……。

「——それでは、お二人に、ウェディングケーキへナイフを入れていただくことにしましょう！」

と、司会者の声が高くなった。

「私たちの分もある？」

と、聡子が心配している。

「ありますとも」

と、お金を払った立場の殿永が力強く（？）請け合った。

一旦《いったん》部屋の照明が落ちると、スポットライトが、入場して来るウェディングケーキを照らし出した。

「へえ、立派」

と、聡子は手を叩きながら、「そばを通る時、指出して、なめてやろうか」

「やめなさいよ」

と、亜由美は半ば本気で言った……。

もちろん、芸能人の結婚式みたいな、高さ何メートル、なんて馬鹿げた高さはないが、一応、ほう、と感心しそうな造りである。

二人が並んで待ち受ける正面の席へと、ウェディングケーキは係の男に、押されて行ったが……。

「塚川さん」

と、殿永が言った。「ケーキの上を見てごらんなさい」

「ケーキの上？」

「ケーキの天辺《てっぺん》です」

「――あら」

ケーキの一番上に、ウェディングドレスの花嫁の人形が……。しかし、それは、あの手紙の中に入っていたのとそっくりな、紙細工の花嫁だったのだ。

いかにも、あのケーキには、似つかわしくない。

「どうしてあんなもの……」

「誰かが、取りかえたんでしょうね」

「でも――誰が？」

やはり、あの手紙は、いたずらではなかったのだ。亜由美は、緊張した。

「では、ケーキカットです！」

司会者が一段と声を張り上げる。「お写真をとられる方は、前へどうぞ」

梶原と小田恭子の二人が、大きなナイフを手に、ケーキの決った場所に、ナイフを入れる。

拍手が起り、フラッシュの光が、二人を照らし出した。——小田恭子は、涙ぐんでいるようだ。

亜由美は、松井見帆の方へと目をやった。

拍手している見帆の表情は、いかにも穏やかで、心から二人のことを喜んでいるように見える。——亜由美は、見帆に関しては五月洋子の意見に同感だった。

——ケーキカットもすみ、室内の照明は元の通りに戻った。

「それでは——」

と、司会者が言った。「ここで新婦はお色直しのため、一旦退席いたします」

小田恭子が、仲人に手を取られて、会場を出て行く。

亜由美は、ふと思い付いて、

「ちょっと、外へ出てる」

と、聡子に囁《ささや》いた。

「へえ、料理これからよ」

「ちゃんと取っといてよ」

と、亜由美はにらんだ。

——廊下へ出ると、小田恭子が、着替えのために、控室へと入って行く。

「ドン・ファン」

と、亜由美は呼んだ。「——ドン・ファン、どこなの？」

ロビーで一人、ふてくされているはずのドン・ファンだが、どこにも見えない。

まさか家出（？）したわけでもないだろう。

すると——静かなロビーに、どこからともなく、ウー……という、低い唸《うな》り声。

もしかして、自分のお腹が鳴っているのかと思ったが、そうでもないらしい。

「ドン・ファン！」

と、亜由美は目を丸くした。

ドン・ファンが、ロビーの奥まった辺りで、じっと身を低くして（もともと低いが）、身構えているのだ。

「何やってんの？」

と、駆けて行くと……。

ソファのかげに、若い男が一人、青くなってしゃがみ込んでいる。

「この犬、あんたの？」

と、その若い男が言った。「早くあっちへやって！」

悲鳴を上げてるみたいだった。

「残念ながらね」

と、亜由美は腕組みをして、「この犬は、理由もなしに人にかみついたりしないの。あんた、何やったの？」

「何もしてやしない！　本当だよ」

「その格好じゃ、披露宴に招かれて来たわけじゃなさそうね」

と、亜由美は、ジャンパーとジーパンという格好の若者を見て、「何の用でここに来たの？」

「あんたの知ったこっちゃないだろ！」

「あ、そう。――じゃ、ドン・ファン、ガブッと一かみしてあげな」

「ワン」

「や、やめてくれ！」

と、若者は真青になった。

その手に――。亜由美は、

「何を持ってるの?」

と、鋭く言った。

「え?」

「手に持ってるものよ」

亜由美が指すと、若者は手を広げた。ポトンと落ちたのは、ロウで作った、新郎新婦の人形だった。

5 花婿の椅子

「どうしました?」

と、やって来たのは殿永だった。

「ちょうど良かったわ! 見て下さい」

亜由美は、床に落ちたその人形を指さして、「この人がすりかえたんだわ、ウエディングケーキの人形を」

「何の話だよ!」

と、若者は目を丸くして、「これは、今そこに落ちてたのを拾ったんだ」

「下手《へた》な言いわけはやめなさい」

と、亜由美はドスのきいた声で、「また犬をけしかけるわよ」

「やめてくれ！」

と、若者はあわてて首を振った。

「君の名前は？」

「僕は……」

「まあ結木君」

と、声がした。

「松井さん！」

松井見帆がやって来るところだった。

「どうしたの、一体？――この人、結木健児君です。うちの社で働いてるアルバイトの子ですわ」

「そうですか」

殿永は肯くと、「実は――」

と、警察手帳を取り出した。

「まあ、警察の方？」

「そうです。実は、梶原さんの所へ、死を予告する手紙が届きましてね」

「何ですって?」

「それで用心しているわけです。この結木さんというのは、何の用でここに?」

「さあ……」

見帆は当惑した様子で、「結木君。——正直に言って。何の用だったの?」

「それは……」

と、結木はうつむいてしまう。

「でも、刑事さん。結木君はとても真面目な子です。何か悪いことをするなんて、考えられません」

「かもしれませんがね、私としては一応、用心のため、という意味もありまして」

「そうですよ」

と、亜由美は言った。「ドン・ファンにガブッと一発やらせてやりゃ——」

「いやいや、塚川さんも落ちついて」

と、殿永はなだめた。「ともかく、この人形を持っていたというのは……」

「拾ったんだ。本当ですよ」

と、結木は言った。「僕は——その——」

「何だね？」

結木は、ふっと肩を落として、言った。

「あの——僕は、小田さんの花嫁姿を一目見たくて」

「結木君。——じゃ、恭子さんのことを好きだったの？」

と、見帆が訊いた。

「ええ……。でも、何もしません！　本当にただ、一目見ようと思って、ここへ来ただけなんです」

「怪しいもんね」

と、亜由美は腕を組んで、「あの手紙もあんたでしょ」

「違います！　僕はそんなことしません」

殿永は、ため息をついて、

「ここでやり合っていてもきりがないな。——ともかく、披露宴がすむまで、君をここの警備の人に見張らせておく。後でゆっくり話を聞く。いいね？」

「——分りました」

と、結木はやっとこ立ち上った。

「心配しないで」

と、見帆が言った。「私も一緒に残っていてあげるから」

「すみません」

と、結木は、うつむいた……。

「ドン・ファン、どうしたの？」

と、亜由美は言った。

ドン・ファンが急に駆け出したのだ。

「ちょっと！　どこに行くのよ！」

亜由美はあわてて、ドン・ファンを追いかけた。ドン・ファンは、梶原たちの
披露宴会場へと飛び込んで行ったのだ。

中は、まだ花嫁が退席したままなので、誰やらのヴァイオリン演奏をバックに、
みんな食事をしていた。正面の席には、梶原が一人で、いささか落ちつかない様
子で、座っていた。

と――その会場のど真中を、

「ワン！　ワン！」

と、甲高《かんだか》い声で鳴きながら、ドン・ファンが駆け抜けて行ったのである。

誰もが唖然《あぜん》とした。そしてドン・ファンは、梶原めがけて、飛びかかったのである。

「ワッ！」

梶原が飛び上って、「助けて！」

と、逃げ出す。

「ドン・ファン！　やめて！」

と、追いかけて来た亜由美が叫ぶ。

梶原が、ドン・ファンに追われて、逃げ出した。

すると——突然、ドカン、という音と共に、たった今まで梶原の座っていた椅《い》子《す》が、吹っ飛んだ。それもバラバラになって、四方へ飛び散ったのである。

煙が立ちこめて、悲鳴が上る。

「外へ出て！」

と、殿永の怒鳴《どな》る声。「外へ出るんだ！」

客たちは、我先に、会場から逃げ出したのだった……。

「いや——命拾いしましたよ」

と、梶原はいまだ呆然《ぼうぜん》としている。

「真一さん……」

小田恭子は、真青な顔で、しっかりと梶原の手を握りしめていた。

「まあ、ともかく、けが人もなくて、良かった」

殿永は汗を拭《ぬぐ》って、「お手柄ですな、ドン・ファンの」

「そりゃ、しつけが行き届いていますと」

と、亜由美は鼻が高い。

――ロビーのソファに座って、やっと梶原もショックから立ち直った様子。

「しかし、一体どうなったんです？」

「もちろん、調べてみなきゃ分りませんが」

と、殿永は言った。「椅子の下、座る所の裏側に、爆弾のような物をセットしておいたのでしょう」

「そうか……。何だか火薬みたいな匂《にお》いがしたのを憶えてる」

「ドン・ファンが、それをかぎつけたんですわ」

と、亜由美は肯《うなず》いて、「やっぱり日ごろの教育が――」

「ゴロ寝ばっかりしてるくせに」

と、聡子がからかった。

「ともかく、その犬には何とお礼を言っていいか……。好物は何です？」

と、梶原が訊いた。

「そりゃ、松阪牛のステーキです」

「亜由美の好みでしょ」

「うるさいわね」

——殿永が咳払《せきばら》いして、

「ともかく、昨日の手紙が、どうやら本当だったことは確かですな」

と、言った。

「さっき、初めて聞いて」

と、小田恭子が不安げに、「びっくりしました。どうしてこの人のことを、そんな風に……」

「心配するなよ」

と、梶原は、恭子の肩を抱いて、「世の中には、いろんな奴《やつ》がいるんだよ」

「その通りです」

殿永は肯いた。「困るのは、何も思い当ることがなくても、勝手に恨みを抱く人間というのが、いることです」

「どうしたらいいんでしょう」

と、恭子は言った。

「何も怖がることはない。予定通り、ハネムーンに発《た》とう」

と、梶原は言った。

「どちらへおいでです？」

「ハネムーンですか？　フランスです。後、ローマを回って……」

「私、ボディガードでついて行きたい」

と、聡子が言った。

「ハネムーンのツアーに一人で？」

亜由美がからかって、「さぞ楽しい旅になるわよ」

みんなが笑って、大分、雰囲気《ふんいき》がほぐれて来た。

「外国へ行かれるのなら、却《かえ》って安全かもしれませんね」

と、殿永は言った。「荷物を、もう一度よく点検されるようにおすすめしますよ」

「分りました」

梶原は肯いて、「じゃあ……。お客さんたちにお詫《わ》びをしないと」

「私から、事情を説明しましょう」

殿永が腰を上げる。

――梶原と恭子が、殿永と一緒に行ってしまうと、亜由美は息をついた。

「やれやれ、ね」

「――でも、誰がやったんだろ?」

と、聡子は言った。

「あの、結木とかいうのが怪しい」

「そう?」

「でも、怪しすぎるような気もする」

「何よ、それ?」

「あの椅子に爆弾仕掛けたとしたら、披露宴の始まる前でしょ。そうなると、あの結木ってのは、ずっとここでぐずぐずしてたことになるわ」

「なるほどね」

「それも馬鹿みたいじゃない?」

「言えてる。――じゃ、犯人は他にいる、ってわけ?」

「うん。田崎って、あの課長」

「スピーチした人？　どうしてあの人がそんなことするの？」

「知らないわ。でも、あんなつまらないスピーチした奴《やつ》、逮捕したっていいわよ」

「無茶言って！」

と、聡子が笑った。

すると――そこへ松井見帆が青くなって、駆けて来た。

「大変なんです！」

「どうしたんですか？」

「結木君が――自殺を図ったんです、手首を切って」

「ええ？」

亜由美は跳び上った。「聡子！　一一九番へ電話！」

「ＯＫ！」

聡子は、すばやく電話に向って駆け出していた。

亜由美の言葉は、やはり人を動かす力があるらしかった……。

6　情ない男

〈塚川亜由美　様
その節は本当にありがとうございました。私たちは無事にハネムーンの行程の半分を過ぎ、今、ローマに来ています。冬のヨーロッパはとても寒いのですけど、彼と二人でいると、少しも寒く感じません。

亜由美さんも早くいい人を見付けてお二人でヨーロッパへ。

では日本へ帰りましたら、改めてお礼に伺いたいと思います。

神田さん、犬のドン・ファンにもよろしくお伝え下さい（帰ったら、ドン・ファンにステーキをおごる、と彼が言っています）。

では、お元気で。

ローマ、サンタンジェロ城を望むホテルにて。

梶原恭子〉

「許せない！」

と、亜由美は、バンとテーブルを叩《たた》いた。「何よ、この態度は！『彼と二人でいると、少しも寒く感じません』だなんて」

「本当」

と、聡子も肯《うなず》いて、「はじらい、ってものが欠けてる」

「『亜由美さんも早くいい人を見付けて』なんて、余計なお世話だっての！」

「いい人、ってところについてる傍点が、いやみね」

「ねえ！ ローマが何よ、パリが何よ。ハネムーンが何よ！」

亜由美と聡子は、しばし顔を見合わせて、それから同時に深いため息をついた。

「こっちだって、早くいい人を見付けたいわよ」

「ねえ……」

「ハネムーンにも行ってみたい」

「本当……」

——ぐっと沈んだムードになったところで、

「クゥーン」

と、一声、ドン・ファンが鳴いて、しめくくる……。

「——ま、何もなくて良かったじゃないの」

気を取り直して、聡子が言った。

「まあね。人の幸せをねたむところまでは落ちぶれてないもんね、私たち」

「そうそう。何てったって若いんだから」

「そうよ！　私たちの未来は明るい！」

と、亜由美はぶち上げた。

「ワン！」

「ドン・ファンも賛成してくれているようである。

――ところで、いつもの、亜由美の部屋で三人が寝そべっている、という場面とは違って、ここは――大して違わないが――塚川家のダイニングで、母の清美が出かけてしまったので、亜由美たちは出前のソバを取って食べていた。

そこへちょうど、ハネムーン先からの、小田恭子の――いや、梶原恭子の絵ハガキが届いた、というわけである。

十二月の最初の日曜日。――大学も、もう冬休みに入ったも同然で、二人はいつもながら（？）のんびりしていた。

梶原真一が爆弾で命を狙《ねら》われた事件は、殿永が担当して捜査が進められていたが、今のところあまり進展を見ているとは言えなかった。

式場で、怪しいと見られて、自ら手首を切って自殺を図った結木健児が一応の容疑者だったが、あの手製の時限爆弾と、結木とのつながりが一向に見出せず、また、ウェディングケーキの上の人形のすりかえにしても、すりかえた後、本来の花嫁花婿の人形をいつまでも持っていたのも妙だった。

結局、当人の話の通り――もちろん、手首を切っても、一命を取り止めたのである――小田恭子に恋していて、その花嫁姿を見たくて式場へ行った、という可能性の方が大きい、ということになっていた。

「――ねえ、亜由美」

と、聡子が言った。「その後、殿永さんからは?」

「別に連絡ないわよ。やっぱり男なんて冷たいわよ」

こうなると八つ当りである。「――さ、早くソバ食べよ。のびちゃうよ」

「食べる人間の方がのびてる」

「ドン・ファンの方がもっとのびてる。――ま、ありゃもともとだけど、ハハ」

「ワン!」

と、ドン・ファンが怒ってる。

「――何か玄関の方で音がしなかった?」

と、聡子が言った。

「そう？　お母さん、まだ帰って来ないと思うけど」

一応、亜由美が立って、玄関へ出てみると、白い封筒が落ちている。どうやら、ドアの隙間《すきま》から投げ込んだものらしい。

「――どうせ、保険とか証券会社の宣伝よ」

と、亜由美はダイニングへ戻って来て、封を切った。

逆さにして、亜由美も聡子も目を丸くした。

中から落ちて来たのは――紙細工の花嫁の人形だったからだ……。


会議室のドアを開けて、田崎は、ちょっと左右を見てから中に入った。

会議室の中には、松井見帆が一人で、椅子にかけている。

「――やあ」

田崎はニヤッと笑って、「呼び出してくれて嬉《うれ》しいよ」

「お話があるだけです」

と、見帆は無表情に言った。

田崎は、見帆の隣の椅子にかけると、

「忘年会の旅行、行かないんだって?」

と、訊《き》いた。

「興味がないんです。一人で行きたい所もありますし」

「二人ならもっと楽しいよ」

田崎が見帆の足をなでようと手を伸ばす。見帆がその手を払いのけた。

「やめて下さい」

「冷たいな、おい。——いつも慰めてやってるじゃないか」

「こっちからお願いしたことはありませんけど」

と、見帆は冷ややかに言った。

「強がりはよせよ」

と、田崎は笑って、「女の一人寝は侘《わび》しいもんだろ?」

「いやな男と寝るのはもっと侘しいですよ」

見帆は言い返した。「そんなことより、結木君のことです」

「結木?」

田崎は顔をしかめた。「あんな奴のこと、聞きたくもないや」

「ずいぶん勝手ですね」

と、見帆は厳しい目で田崎を見つめて、「安く上るからって、あんなにこき使っておいて」

「だって、あいつは警察に捕まってるんだぜ」

「殺人未遂の疑いは晴れたはずです。手首の傷が治ったら、復帰させてあげて下さい」

「冗談じゃないよ」

と、田崎は顔をしかめた。「あんな奴のこと、どうだっていいじゃないか。なあ、そんなことより……」

田崎は急にニヤついて、「温泉に一泊でどうだい？　タダで行ける業者の招待クーポンが手に入ったんだ」

「結木君を、ちゃんと仕事に戻して下さい」

「——どうしてあいつのことを、そんなに気にするんだ？　それとも、まさか……」

「何ですか？」

「君、あいつとも寝てたのか？」

見帆は口を歪《ゆが》めて、笑った。

「そんなことしか考えられないんですか」

「じゃ、結木をまた働けるようにしてやったら、温泉に付合うかい？」

「いいえ」

「そりゃないよ」

と、田崎は苦笑して、「頼みごとにゃ、見返りが必要だ」

「見返りはあります」

「何だね」

「黙っていてあげますわ、私と課長さんとの仲を」

「黙って？　そりゃ、どういう意味だね」

「私がお宅へ伺って、奥様にお詫《わ》びします。ご主人とこんなことになって、申し訳ありません、と」

田崎は、一瞬顔をこわばらせた。――田崎の所は妻に頭が上らない。大変な財産家の娘なのである。

「そんなことができるもんか」

と、田崎はひきつるような笑顔を作って、「自分が笑いものになるぞ」

「一向に構いません。別に私には夫も恋人もありませんから」

と、見帆は気にする様子もない。「たとえ辞《や》めることになっても、どこででも働けますわ」

「おい！」

田崎が立ち上った拍子に、椅子が倒れた。「いい気になるなよ！」

「いい気になっていらっしゃるのは、そちらじゃありませんか」

見帆はたじろぐ気配もなく、じっと田崎を見据えた。「結木君のことはお願いします」

田崎は、顔を紅潮させて、見帆をにらみつけていたが、やがて荒々しく息をついて、会議室を出て行った。

「キャッ！」

ドアが開いて、飛びすさったのは、五月洋子だった。

「そんな所で何してるんだ！」

と、田崎は怒鳴りつけて、行ってしまった。

――五月洋子は、会議室の中を覗《のぞ》いた。

「松井さん……」

「洋子さん。聞いてたの？」

「すみません。聞くつもりなかったんですけど、人の声がするな、と思って、つい……」

「いいのよ」

見帆は、田崎が倒した椅子《いす》を起こした。「私もね、馬鹿だったの。いつも奥さんに頭の上らない田崎課長にちょっと同情して……。でも、同情するほどの価値もない男だったわね」

「松井さん……」

「私に失望したんじゃない？」

「とんでもないです。ただ——」

「なあに？」

「真珠のネックレス、持って来るのずっと忘れてて、すみません」

「いいのよ」

見帆は笑って、
と、洋子の肩を抱いた。「さ、仕事に戻りましょ」

「はい！」

——二人は会議室を出た。

「梶原さんたち、明日戻って来るんでしたね」

と、洋子が言った。

「そうね。ちょうど土曜日だし、月曜日から出て来るでしょ」

「松井さんも……」

と、洋子は言いかけて、ためらった。

「え？」

「早くいい人を見付けて下さいね」

「まあ、ありがとう」

と、見帆は笑った。「急ぐばかりが能じゃないわ。そうでしょ？」

「そうですね」

と、洋子は楽しげに言った。


「——畜生め！」

と、田崎は吐き捨てるように言った。「女が何だ！」

大体こういうセリフを吐く人間に限って、女にだらしがない、と相場が決っているのである。

「俺《おれ》を馬鹿にしやがって！　承知しねえぞ！」

周りには誰もいない。——酔って帰宅する途中である。

アルコールが入っているのに、一向に寒さが体から逃げて行かない。そんな時は、いくら飲んでも、酔いはしないのである。

足がふらつく。——早く帰りたいわけでもないのだ。といって、表にいても、何も面白いことはない。

「畜生！」

と、田崎はまた、くり返した。

そして、道の角を曲った時、突然誰かに突き当られて、

「ワッ！」

と声を上げた。

ドスンと尻《しり》もちをついて、目を白黒させたが、

「何だ！　人に突き当っといて——」

グチが出たが、その時には、突き当った人間はとっくにいなくなっていた。

「全く……。礼儀を知らねえ奴ばっかりだ」

と、ブツクサ言いながらやっと立ち上ると、また歩き出した。

一段と風が強くなって、田崎は身震いした。

「どうしてこんなに寒いんだ！」

と、天候にまで腹を立てている。

そしてコートのポケットに手を突っ込んだのだが……。

「ん？」

何か入ってる。こんな所に何か入れたかな？

取り出して、田崎は目をパチクリさせた。

――それは紙を折って作った花嫁の人形だった……。

7　危険な空港

「いくら土曜日で、特に予定がないからって――」

と、亜由美は言った。「何でわざわざ成田くんだりまで出かけて行かなきゃいけないの？」

「知らないわよ」

と、聡子が言った。「亜由美が行こうって言い出したのよ」

「しかも、殿永さんに運転させてね。分ってるのよ、自分でも」

と、亜由美は肯《うなず》いて、「グチっぽくなったのね。いやだわ、年齢《とし》のせいなのかしら……」

「ワン」

と、助手席でドン・ファンが吠《ほ》えた。

運転していた殿永が笑って、

「まあ、たまにはドライブもいいんじゃありませんか」

と、言った。「今はそう混む時期でもないし」

「私も今度は外国へ行って……。向うで外国人の夫でも見付けようかしら」

と、亜由美が言った。

「亜由美、言葉できないでしょ」

「向うが日本語を憶えるわよ。こんな魅力的な女のためなら」

「自分で言ってりゃ世話ないや」

と、聡子は笑った。「――殿永さん、間に合いますか？　梶原さんの飛行機は――」

「大丈夫。充分に間に合いますよ」

と、殿永は肯いて、「しかし――ああいう手紙を出す人間は、かなり執念深いですからね。用心に越したことはありません」

「結木って人は、釈放されたんでしょ？」

と、亜由美が訊く。

「ええ。手首の傷も大したことなくてね」

「もし、本当に彼が犯人だったら？　梶原さんが帰国してから釈放した方が……」

「監視をつけてあります。もし彼が成田に来れば、現行犯というわけです」

「なるほどね」

と、聡子は感心して、「さすがは殿永さん！」

「でも――」

と、亜由美はちょっと不安げだ。「空港は凄《すご》い人かもしれませんよ。見失ったらどうするんです？」

「大丈夫。この時期に日本に帰って来る旅行者なんか、そういやしませんよ」

と、殿永は自信たっぷりに肯いた。

「ちょっと――」

と、亜由美は叫んだ。「聡子、どこにいるの!」

「ここ……。ここよ!」

と、聡子は飛び上って手を振った。

「殿永さんは?」

「知らないわ!」

「全くもう!」

「ワン!」

ともかく――人また人の波、また波……。

「殿永さんもいい加減なんだから!」

成田の到着ロビーは、人で溢《あふ》れていた。また、いくつかのツアーがかち合った ようで、山のようなみやげ物を下げた乗客がひしめき、押し合い、ぶつかり合いながら、ロビーを埋めている。

亜由美たちは、びっくりしている暇もなく、離れ離れになってしまったのだった。

大体、肝心の梶原たちの便はどうなってるんだ?

亜由美は表示へ目をやった。——もう着いてる!

予定より早く着いてしまったのだ。わざわざ迎えに来た時に限って、こうなのである。するとと、梶原と恭子は、もう出て来てしまっているかもしれない……。

しかし、実際には、梶原たちは、荷物を受け取るのに少し手間取って、ちょうど到着ロビーへ出て来たところだった。

「——凄い人出ね」

と、恭子が言った。

「うん。ともかくタクシーをつかまえて、静かな所へ行こう。これじゃ何が何だか分らないよ」

両手一杯に荷物をかかえ、肩からショルダーバッグも下げている梶原は、息を切らしていた。何しろ、ハネムーンというのは、おみやげを買って行く相手が多すぎて、大荷物になるものなのである。

「あ、そうだわ」

と、恭子が言った。「ね、ごめんなさい。実家《うち》へ電話して来るわ。成田に着いたらかけるって言ってあるの。ここで待っててくれる?」

「ああ、いいよ」

正直、この人ごみの中、荷物に囲まれて立っているというのは楽じゃない。これが結婚して何年もたってりゃ、

「そんな電話、どこかに落ちついてからだって、三十分と変らないじゃないか」

とでも言うところだが、そこはやはり新婚の弱味（？）である。

電話を求めて恭子の姿は人の波間に消え、梶原は、息をついて、荷物番よろしく、突っ立っていたのである。

欠伸《あくび》が出る。――やはり、時差というやつのせいなのである。

もちろんくたびれてもいる。十何時間も飛行機に乗って来たのだから。

まあ、しかし……。ハネムーン帰りで、あんまり欠伸ばっかりしてる、ってのも、いささかみっともないものだが。

そうか。――披露宴の時の、あの爆弾騒ぎはどうなったんだろう？　犯人は捕まったのかな。

あの時の刑事が、何か連絡してくれるとか言っていたが……。

もし、犯人がまだ捕まっていないようならば、また命を狙《ねら》われるってこともあり得るわけだ。――冗談じゃないよ、全く！

すると、誰かが梶原にぶつかりそうな勢いで、すぐわきをすり抜けて歩いて行

った。同じツアーにいた、やはり新婚夫婦の、妻の方である。

梶原と恭子は至って楽しかったのだが、その夫婦は出国早々、喧嘩《けんか》ばかり。添乗員がハラハラして、気が気じゃない様子だったのだ。

どうやら、カッカしながら一人で行ってしまった妻の様子では、帰国早々離婚ってことになるかも……。

旦那の方はどこかな？

梶原は、体をねじるようにして振り返った。その瞬間、人ごみの中から、サッと突き出された手が、ナイフをつかんで、シュッと梶原に切りつけていた。

体をねじった瞬間で、ショルダーバッグにナイフが切りつける格好になった。バッグがパッと裂け、中からガイドブックやパスポートがドドッとこぼれ落ちる。

梶原は、顔を戻し、みごとに切られたショルダーバッグと、人ごみの中へ素早く消えるナイフの銀色の光を見た。

――ドスン！

梶原は真青になって、その場に尻もちをついてしまったのだ。

殺されかけた……。また、やられるところだったんだ！

「どうしました？」

と、誰かが声をかけて来た。「大丈夫ですか?」

「あ、あの……」

梶原は、やっとの思いで立ち上ると、「ハネムーンの帰りなんですが……」

「何だ、そうか」

その男は笑って、「あんまり無理しないことですね」

と、梶原の肩をポンと叩いて、行ってしまう。

梶原はポカンとして、人ごみの中に突っ立っていた……。


「いや、全く面目ない」

と、殿永は恐縮しっ放し。「この時期は空《す》いてる、などと同僚が言うもんですから……」

「でも、何ともなくて良かったわ」

と、亜由美は言ったが、当の梶原はまだ青ざめているし、恭子は、

「これから毎日、あなたが帰って来るまで心配でたまらないわ」

と、今にも泣き出しそう。「あなた……。死なないでね」

「当り前さ。こんな可愛い女房を残して、死ねるもんか」

「本当ね？」

「約束するよ」

とか言って、梶原は恭子を抱き寄せて、キスしたり……。

亜由美、聡子、ドン・ファンの三人は、見ちゃいられない、というわけで、オーバーにそっぽを向いていた。

——梶原たち、それに殿永や亜由美たちは、一旦、空港近くのホテルに落ちついていた。

「でも、あなた」

と、恭子が言った。「こんなに執念深く狙われるなんて。よっぽど女の人にひどい仕打ちをしたんじゃないの？」

「冗談じゃないよ。僕は絶対にそんなことはしない！」

「信じてるわ」

今度はしっかりと二人で手を取り合って……。亜由美たちは、何だか当てられに来ているみたいである。

「ま、無事で何より！」

と、殿永が気を取り直した様子で「今夜はここで食事をしましょう。みなさん、私におごらせて下さい」

「あら、悪いわ」

と、亜由美が言った。「ねえ聡子」

「そうね。でも、断るのも却《かえ》って失礼かも……」

「それもそうね。じゃ、遠慮なく」

こういう納得《なっとく》は早いこと。

「あら、でも――」

と、恭子がためらう。

「いや、ぜひごちそうさせて下さい」

「でも、こんな服でいいかしら？」

どうやら、辞退する気はなかったらしい。

「じゃ、ちょっとお化粧を直して来ますわ」

と、ラウンジを出て行く。

「――梶原さん」

と、殿永が改まって、言った。「実は、奥さんがいらっしゃらない間に、うかがいたいんですがね」

「何ですか？」

「松井見帆とあなたのことです。あなたは松井見帆と一時付合っておられた。しかも、かなり深い付合いだった、という話を耳にしたんですがね」

「そうですか……」

梶原は、ちょっと目を伏せた。

「どうですか。結局あなたは松井見帆を振って、小田恭子を選んだ。松井見帆があなたを恨んでいる、ということはありませんか」

「それはありません」

と、梶原は即座に言った。

「ほう」

殿永は、ちょっと目を見開いて、「なぜ、そう言い切れるんです？」

梶原は少し迷っていたが、

「それは――絶対に秘密にするという約束だったんですが……。こんな場合です。お話ししましょう」

と、肯いて、言った。「実は、松井見帆さんと僕の間には何も、なかったんです」

「何も？」

「つまり——総《すべ》て、仕組んだお芝居だったんです」

「へえ」

と、亜由美が目をパチクリさせて、「じゃ、あの恭子さんの気をひくために?」

「まあそうです」

と、梶原は肯いた。「少々情ないと言われそうですが……」

「以前は、恭子さんとお付合いされてたんでしょ?」

「ええ。しかし、僕の方が、少しいい加減な気持でしてね。結婚で縛られるのはいやだ、って気があったもんですから、逃げていたんです。彼女の方も、そういう点、敏感に察したのか、段々遠ざかって……。でも、いざそうなってみると、勝手なもんですが、彼女のことがたまらなく好きになって……。しかし、彼女は信じてくれないんです。それで悩みましてね」

「で、松井さんに?」

「ええ。以前からちょくちょく相談相手になってもらっていたし、それにあの人は絶対に秘密を守ってくれる人ですから」

「で、親しくなったふりをしてくれって、頼んだんですか?」

「ええ。恭子を振り向かせるにはそれが一番いい、って……。松井さんもそう言ってくれたんです」

「でも、松井さんは結局振られ役でしょ？　それに社内でも噂《うわさ》になって――。噂にもならないんじゃ困るし」

「その点は僕も気になりました。でも、彼女の方が、そうしろ、とすすめるんです。恭子さんみたいないい子を逃しちゃだめよ、と。――結局、僕は、うまく行ったら三十万円払う、ということで、松井さんにその役を引き受けてもらったんです」

「お金でね……。それも、松井さんが言い出したんですか」

「そうなんです。こっちが気をつかわなくてすむように、と。――本当にあの人には、頭が上りません」

と、梶原は首を振って、言った。「ですから、松井さんがあんなことをする理由はないんです」

そこへ、恭子が戻って来るのが見えた。梶原はあわてて、

「今の話はどうか――」

「もちろん口外しません」

と、殿永は肯いて、「さて、奥さん、どこで食事にしましょうか？　お好み

は？」

恭子が、ちょっと考えて、

「久しぶりに和食が食べたいんですけど」

と、言った。

「結構！　じゃ、腰を上げましょう」

亜由美も立ち上った。

梶原の話はよく分った。しかし、松井見帆にとって、ずいぶん気の毒な役回りではある。

もちろん、表面的には、松井見帆もこの二人を祝福しているだろう。

しかし、心中、複雑なものがあるのは確かではないかしら……。

亜由美は、そう思った。

もちろん、同時に、何を食べようか、と考えてもいたのである……。

8　暗がりの殺意

「クゥーン……」

オフィスビルの中に犬の声がすることは珍しい。

「あら」

足を止めて振り返った松井見帆は、ちょっと目を見開いて、「この間のワンちゃんね。飼主はどこなの？」

「ここです」

と、亜由美がヒョイと顔を出す。

「あら、いらっしゃい」

と、見帆は微笑《ほほえ》んで、「この寒いのに。――大学は？　あ、もうお休みなのね」

「ええ。それでちょっと突然に。すみません、前もって電話もしないで」

「構わないのよ。下の喫茶店でお茶でも、どう？　あそこのチーズケーキはなかなかのもんよ」

「いいですね」

と、亜由美は即座に肯《うなず》いて、「でも、お仕事中じゃないんですか？」

「『お仕事中』よ。でもね、これぐらいのベテランになると、少々さぼっても誰も文句を言わないの」

と、見帆はちょっとウインクして見せた。

行った。


「このドン・ファンも構いませんか?」

「大丈夫よ、あの店のマスターは動物好きだから。何とかしてくれるわ」

「それでは——というわけで、亜由美はドン・ファンと共に、見帆の後について行った。


——確かに、その店のチーズケーキはなかなかのものだった。

「結木君のこと?」

と、見帆は紅茶を飲みながら言った。

「ええ。——傷が回復して、またこちらで働いてる、って聞いたもんで」

「そう。だって、警察でも一応釈放されたんだし、不採用にする理由はないでしょう?」

「でも、よく会社の方で、採《と》ってくれましたね。あの田崎って課長なんか、絶対にいやがりそうなのに」

見帆は、ちょっと笑って、

「お察しの通り、とんでもない、って感じだったわ。でも、私がひとにらみしてやったの!」

と、肯いて見せた。

　亜由美は、松井見帆のことが、大いに気に入った！　こんな先輩は、めったにいるものではないだろう。

「まあ、当人もね、やっぱり気がねしてるから、今のところ、郵便係をやってるの」

「郵便係？」

「そう。会社の郵便物を出しに行ったり、配ったりする係で、いつもはオフィスじゃなくて、下の発送係にいるから、そんなに会社の人と顔を合わさずにすむしね」

「他の社員の方たちは、どう思ってるんですか？」

　と、亜由美は訊いた。

「それがおかしくてね」

　と、見帆は楽しげに、「女の子たちに凄《すご》い人気なの」

「人気？」

「だって、恭子さんのことを思い詰めて、自殺まで図ったっていうわけでしょう？　今どき、そんな純情な人、いたの、って、びっくりしてるわね」

「ああ、分りますね」

「もう、すっかりアイドル扱い。午前と午後に二回ずつ郵便を配って回るんだけど、あちこちで女の子たちが、手作りのクッキーを出したり、お昼に食べて、ってサンドイッチを渡してみたり……。配り終って、戻る時の方が荷物が多かったりするの」

亜由美は笑ってしまった。——でも、とてもいい話だ。

「私もホッとしたのよ」

と、見帆が言った。「みんなに白い目で見られたら、本人も辛いでしょうしね。でも、そんな心配は無用だったみたい」

「この間の成田の事件は、結木って子のやったことじゃないんです。犯人はきっと他にいるんです」

「危なかったようね、梶原さん」

と、見帆は真顔になって、「早く犯人が捕まってほしいわ……」

すると、喫茶店の中を覗《のぞ》き込む顔があった。亜由美が気付いて、

「洋子！」

「あ、亜由美。びっくりした。来てたの？」

と、洋子は入って来ると、「松井さん、上で大変なんです」

と、早口に言う。

「何なの？」

「田崎課長が——結木君と」

「田崎さんが？」

見帆がパッと立ち上る。

もちろん亜由美も、そして店の隅でミルクをもらっていたドン・ファンも、立ち上ったのである。


「しらを切る気か！」

と、田崎が怒鳴《どな》る。

「知らないものは知りません」

と、結木が顔を真赤にして言い返す。

オフィスの廊下で、二人の視線は火花を散らさんばかりだった。

エレベーターの扉が開いて、見帆や亜由美たちが降りて来た。

「——待って下さい！」

と、見帆が声をかける。「何があったんですの？」

「君か」

と、田崎は唇をひきつらせて笑うと、「君のお気に入りの結木君がね、現金書留の金を盗んだのさ」

「何ですって？」

「嘘《うそ》だ！」

と、結木は言い返した。「僕はそんなことしません」

「田崎さん、何かの間違いじゃないんですか？」

「君は何かね、課長の僕より、このアルバイトの言葉を信じるのか」

と、田崎が切り口上になって、「こいつは警察の厄介になった奴《やっ》だぞ」

「それとこれとは別ですわ。その書留というのは……」

「見ろよ」

田崎が、現金書留の封筒を取り出して、「中には十万円入ってることになっている。ところが配られて来た時には、中は空《から》。はっきりしてるじゃないか。こいつが途中で失敬したのさ」

「まさか」

と、亜由美が言った。「そんな馬鹿なこと、誰がするもんですか」

田崎はムッとした様子で、

「何だ君は！　余計な口出しをするな！」

と、にらみつける。

こうなると、ますます強気に出るのが亜由美の性格。

「そんなことすりゃ、すぐに自分が疑われることぐらい、分り切ってるじゃありませんか」

と、言ってやった。

「利口な奴なら、警察の厄介になるようなことはしないさ」

と、田崎はせせら笑って、「女のために手首を切るなんて奴のすることだ。馬鹿で当然さ」

「何だと！」

と、結木が体を震わせている。

怒って当然。――しかし、何だか妙だな、と亜由美は思った。この田崎の絡《から》み方、普通じゃない。

わざと結木を怒らせようとでもしているみたいだ。――そうか！

田崎は、結木が手を出すのを待っているのだ。田崎を殴れば、理由はどうあれ、結木はこの会社にいられなくなる。

何てずるい奴！　亜由美は先に田崎をぶん殴ってやろうかと思った。何といっても、亜由美なら、この会社をクビになる心配は（当然のことながら）ない。

「田崎さん、それは言いすぎです」

と、見帆が間に入った。

「君は泥棒の肩をもつのか」

と、田崎は言った。「それとも、その金で、こいつとホテルにでも行くのか」

見帆が青ざめる。結木が拳《こぶし》を固めた。──危い！

田崎が見帆に悪口を浴びせたことで、結木の怒りが頂点に達したのだ。

今にも、結木が殴りかかるかと思った時、

「すみません」

と、声がして、「その書留のことですけど……」

まだ若い、入りたてっていう感じの女の子が立っていた。

「その書留、私が田崎課長に言われて出したんです」

と、その子は言った。

「あなたが？」

「はい。でも、中はどう触ってみても空《から》でした。私、心配になって、田崎さんに『これでいいんですか』って訊《き》いたんです。課長さん、『黙って出してくりゃいいんだ』って……。でも、どうしてこの会社あてに出すんだろうって、不思議だったんです」

思いもかけない伏兵の出現で、田崎の方は立場がなくなってしまった。

「――田崎さん」

と、見帆が冷ややかに言った。「結木君を辞めさせるためにしても、やり方がひどすぎませんか」

「うるさい！」

と、田崎は声を震わせた。「こんな奴を置いとくのは、会社のためにならないんだ。俺《おれ》は会社のためにやったんだ！」

冷ややかな沈黙が、田崎を囲んだ。――苛立《いらだ》った田崎は、突然拳を固めると、

「こいつ！」

と、結木に殴りかかろうとした。

その時、ドン・ファンがタタッと床を走って、パッと宙へ飛んだ。

「ワアッ！」

いきなり、茶色の胴体が目の前に飛んで来りゃ、誰でもびっくりする。田崎は、みごとに引っくり返って、したたか腰を打ち、しばし、立ち上れなかった……。

「——さ、結木君、もう行って」

と、見帆は促《うなが》した。

「すみません」

結木は一礼して立ち去る。

田崎が、顔をしかめつつ、やっとこ立ち上った。

「——今に後悔するぞ！」

と、見帆に向って怒鳴り、書留の件をばらした女の子へ、「貴様はクビだ！」

と、大声でわめいた。

その子はムッとした様子で、

「言われなくたって、こっちの方から願い下げよ。イーだ」

と舌を出した。

田崎は真赤になって、腰をさすりながら、行ってしまった。

「みっともない奴」

と、亜由美は言った。「ドン・ファン、よくやった」

「ワン」

「でも……」

見帆の声は、穏やかになっていた。「可哀そうな人」

その呟《つぶや》きは、亜由美をハッとさせるほど、寂しげな響《ひび》きを持っていた。


誰も彼も……。

足がもつれて、田崎はフラッとよろけた。

「フン！──畜生め」

誰も彼も、俺を馬鹿にしてやがる！

酔ってはいたが、胸の中は一向に燃え立たず、苦いものばかりが渦を巻いていた。

俺は課長だぞ。それなのに、部下の奴らまでが、俺のことをせせら笑っていやがる。

松井見帆の奴まで……。

あいつは──あいつだけは、俺のことを分ってくれていると思っていたのに。

結木みたいな奴の味方になりやがって！　俺に抱かれて、いい気持になっていやがったくせに！

俺は……俺は、何者なんだ？

家へ帰りゃ、女房は冷たい目で俺を見下すし、娘も口をきかない。

「酔っ払いは嫌い」

だと？

ふざけやがって！——どうして俺が酔ってると思うんだ！

何も好きで……好きで酔ったんじゃない、初めは。

しかし——昔は良かった。

そうだ。女房も、ハネムーンのころにゃ、可愛《かわい》かった。俺に頼って、いつも心細そうにしてたもんだ。

俺は……娘のことだって、ずいぶん可愛がったんだ。あいつも、小さいころはいつも俺を追い回して……。出張に出るって言うと、泣いたもんだ。

あのころは——そうさ、可愛かった。

みんな、そんな昔のことは憶えていやしない。良かったころのことは、忘れてしまうんだ……。

——もうすぐ家か。

どうせ女房は先に寝てて、起きても来ないさ。いつ亭主が帰ったかも、知るまい。
あいつのベッドに入って行っても、冷たく拒《こば》まれるだけで……。
おっと。——何だ、気を付けろ。
田崎は、暗がりの中で、誰かに突き当られて、よろけた。
フン、酔っ払いめ。
そうか。——俺も酔っ払いか。
田崎は声を上げて笑った。痛みが、腹に走った。——何だろう？
どうしてこんなに痛いんだ？　おい……。
歩けなくなった。
田崎は、膝《ひざ》をつき、片手をついて、辛うじて冷たい路面に転がらずにすんだ。
しかし、もう一方の手で、痛い所を押えた田崎は、手がべっとりと濡《ぬ》れるのを感じた。
血か？　これは——血なのか？
俺の血が、なぜ……。
誰かが、俺を刺したんだ！

やめてくれ！　何てことだ……。

早く覚めてくれよ、こんな夢は。こんなひどい夢があるかい。

俺が一体何をしたって……言うんだ？

田崎は、路面に突っ伏した。アスファルトの冷たさも、やがて感じなくなる。

――田崎の意識は、プツンと切れるように絶えた。

珍しく、妻が彼の帰りを待っていたことも、知らなかった……。

9　告白

「何てことだ……」

と、殿永は首を振った。「まさか、こんなことが……」

――冷え冷えとした、冬の朝。

亜由美は、ゆうべ遅かったのだが、殿永からの電話で飛んで来た。どんなに眠かったとしても、この冷気と、通りにうずくまっている田崎の死体を目の前にしたら、眠気など吹っ飛んでしまったろう。

「どうしてこの人が……？」

と、亜由美は呟《つぶや》いた。

「見て下さい」

と、殿永は指さした。

死体のすぐそばに投げ出すように置かれていたのは、あの紙細工の花嫁の人形だった。

「この人が……」

「一体どういうことなんですかね」

と、殿永は、ため息をついた。

「あの——昨日、会社でこんなことが……」

と、亜由美は昨日の事件を話してやった。

「なるほど、すると、また結木健児か」

「でも、こんなことまで……」

「もちろん、私もそう思いますがね。一応調べてみなくては」

「そうですね」

と、亜由美は肯《うなず》いて、ちょっと身震いした。「——あの人は?」

「奥さんですよ」

と、殿永が言った。「帰りが遅いので、待っている内に、ウトウトして、朝になってしまったんです。それで、もしかしてどこかで酔って倒れているかと、心配して出て来て、発見したんです」

「そうですか……」

呆然《ぼうぜん》として、寒さも感じない様子のその女性の方を、亜由美は眺めた。

「刺し殺されている。——全く、こんな展開になるとはね」

と、殿永は、何度も苦々しい思いをかみしめているようだ。

タクシーが一台、近くまでやって来て、停《とま》った。

「あら——」

と、亜由美が目を見開いた。

松井見帆が降りて来たのだ。急いで駆けて来ると、

「これは……田崎さん？」

と、かすれた声で訊《き》いた。

「ええ」

「何てひどい——」

と、見帆は絶句した。

「松井さん、どうしてこのことを？」

と、殿永が訊いた。

「電話が……」

「電話？」

「低い声で——。『あんたの恨みは晴らしたよ』って……。『あの課長は二度とあんたを苦しめない』と言いました」

見帆は、体を震わせた。「心配になって、田崎さんのお宅へ電話したんですけど……。どなたも出られなくて。それで、飛んで来たんです」

「——松井さん、ですね」

と、近寄って来たのは、田崎の夫人だった。

「はい……。奥様でいらっしゃいますね」

「ゆうべ、主人のことで、お電話を」

と、夫人は言った。「おっしゃる通りに、起きて待っていました」

「こんなことになって……」

と、見帆は顔を伏せた。「私、奥様には本当に申し訳のないことを——」

「いいえ」

と、夫人は遮《さえぎ》って、「主人に誰か女の人がいたのは知っていました」

亜由美は啞然《あぜん》とした。——田崎と、松井見帆が？

「でも、あなたのような方で良かった」

と、夫人は言った。「私も悪かったんです……」

見帆が、涙を拭《ぬぐ》った。

「娘を、お隣の方に預けておりますので」

と、夫人が言って、歩いて行く。

——殿永が、顎《あご》をなでながら、ゆっくりと息をつく。その息が白く、風に震えて流れて行った……。

「すると、あの紙細工の人形が、あなたの所へも？」

と、殿永が言った。

「黙っていて、申し訳ありませんでした」

と、見帆は顔を伏せた。「ただ、そのことは忘れかけていました。まさかこんなことになるなんて」

「——大変でしたねえ、まあ」

と、亜由美の母が、お茶を出す。「どんな人でも、殺されていい、ってもんじゃありませんから」

「全くです」

と、殿永が肯く
——田崎の殺された現場から、亜由美の家へやって来ていた。

ドン・ファンは居間の隅に引っくり返って寝ている。

「梶原さんのことも、誰にも言わない約束になっていましたし……」

と、美帆は言った。「でも、誰なんでしょう?」

「すると、どうもこういうことのようですね」

と、殿永が、熱いお茶を一口飲んで、ホッと息をつくと、「初めの、梶原さんへの手紙にあった、〈女の恨みの深さ……〉というのは、梶原さんが松井さんを振ったことを指しているようですね」

「そうですね」

と、見帆が肯く。「犯人は私が本当に梶原さんに捨てられたと思って……。私に同情しているんでしょうか」

「しかし、同情だけで人までは殺しませんよね、普通なら」

と、亜由美は言った。「きっと、松井さんのことを思っている人なんだわ」

「何てことかしら……」

と、見帆はため息をついた。

「いや、あなたのせいではありませんよ。――田崎さんを殺したのは、梶原さんの件とは関係ない。やはり、昨日の会社での出来事のせいでしょうね」

「つまり、犯人は梶原さんが憎いというよりも、松井さんにひどいことをした人間が憎い、ってわけですね」

と、亜由美が言うと、見帆の方はますます落ち込んでしまった……。

すると、電話が鳴って、母の清美が出た。

「――はい、塚川でございます。――は？　亜由美は今、出張しておりますが……」

亜由美は、ため息をついて、

「私はいるわよ、お母さん」

と、言った。

「あ、そうだったわね。お父さんと間違えちゃって。――ちょっとお待ち下さい」

夫と娘を間違えるという、珍しい人なのである。

「——はい、亜由美です」

「あの……結木です」

「あら」

と、亜由美はびっくりして、「どうしたの？」

「そこに、松井さんは行っていませんか？」

「松井さん？　ええ、いるわよ。じゃ、代るわね」

と、亜由美は言った。「——結木さんからです」

「ありがとう」

と、見帆は受話器を受け取った。「もしもし……」

殿永が立って来て、そばで受話器に耳を寄せる。

「松井さん」

「結木君。——田崎さんが殺されたのよ」

「知っています」

と、結木が言った。

「知ってるって……。どうして知ってるの？　まさか、結木君が——」

「直接会って、話したいんです」

「結木君……」

「松井さん一人で、来てもらえますか」

そばで話を聞いていた殿永と亜由美が、チラッと目を見交わした。

「――いいわ」

と、見帆が言った。「一人で行くわ。どこに行けばいいの？」

「会社の倉庫を知ってますか」

「倉庫？　もちろん知ってるわ」

「僕はついこの間まで、あんなものがあるなんて知りませんでした」

「そうでしょうね。私は何か月かあの中で働いたことがあるのよ」

と、見帆は言った。「夏の暑い時でね、中にいると、じっとしていても汗びっしょりだった。昔のことだけど」

「そうですか」

結木の声が和《なご》んだ。「じゃ――今日の夜十時に」

「十時ね、分ったわ」

「それと、今日は休みますから、そう伝えて下さい」

と、結木は律儀に付け加えて、電話を切った。

「——どうします?」

と、亜由美は言った。

「一人で行くのは危険ですよ」

と、殿永が言った。「もし結木が犯人だとしたら、あなたを道連れに、無理心中を図る心配があります」

「でも、一人で行きます」

と、見帆は、きっぱりと言った。「約束ですから」

「せめて私が付いて——」

と、亜由美が言いかけたが、

「いいえ。お気持はありがたいんですけどね、私も、結木君に対しては責任がありますから」

見帆はそう言って、微笑《ほほえ》んだ。「何があっても、私の責任です。ご心配なく」

「そうおっしゃられてもねえ……。全く、どうして私の担当する事件の関係者は頑固な人が多いんだろう」

と、殿永がぼやいた。

「ワン」

と、ドン・ファンが、いつの間に目を覚ましたのか、殿永に同情するように
(?)一声吠《ほ》えたのだった……。

「雪でも降りそう」

と、亜由美は車を出て、身震いした。

夜になって、空は分厚く灰色の雲に覆われた。

底冷えのする夜で、風がないのがいくらかは救いだった。

「――あの黒く見えるのが、倉庫です」

と、松井見帆は言った。「じゃ、ここからは一人で行きますから」

「マイクのスイッチは入れておいて下さいね」

と、殿永は言った。「何かあれば、すぐに駆けつけますから」

「分りました。――これでいいんですね」

えりにつけた、一見ブローチのような小型のマイクが、見帆の声を拾って、殿永の車の無線に入る。

「じゃ、もう十時ですから」

と、見帆は足早に、倉庫の方へと歩いて行った……。

「——では、我々は車の中で聞いていることにしましょう」

と、殿永は亜由美を促《うなが》した。

車に入ると、殿永は、手をこすり合わせた。

「いや、この年齢《とし》になると、寒さは応《こた》えますよ」

「同感です」

「クゥーン……」

亜由美とドン・ファンは異口同音に（？）言った……。

——倉庫の戸が開く、重苦しい音が聞こえた。

そして、見帆の足音が、広い空間に反響して聞こえる。

「——結木君」

と、見帆が呼ぶ。「どこなの？——私、一人よ」

少し間があって、足音が止った。

「結木君！　そんな所にいたの」

と、見帆が息をつく。「約束通り、一人きりよ。下りてらっしゃい」

「いや、ここでいいです」

と、結木の声がした。

少し遠い。どこか高い所にいる様子だ。

「本当に一人なんですね」

と、結木は言った。

「もちろんよ。約束じゃないの」

「約束か……。約束を守らない人間が、いくらもいます」

「本当ね、世の中には沢山いるわ」

と、見帆は静かに言って、「結木君。梶原さんに、あんな手紙を出したのは、あなたなの？」

「そうです」

「私に電話をかけて来たのも？」

「ええ」

——無線で、二人のやりとりを聞いていた亜由美はふと、

「どうして、結木君は、うちの電話番号を知ってたんだろう？」

と呟《つぶや》いた……。

「どうして結木君——」

「あなたが好きだったからです」

「でも、あなたは恭子さんを——」

「違います」

　と、結木は遮った。「あの時、あなたを目の前にして、本当のことは言えなかったんです。ですから、恭子さんが好きだ、と言ってしまったんです」

「そう……。あなたはとてもいい人だわ。でも、なぜあんなことを……」

「あなたを侮辱する奴は許せないんです」

「だけどね——」

「今は後悔しています」

　と、結木は言った。

「本当に？」

「ええ。でも、もう田崎課長は生き返りません」

「結木君、一緒に警察へ行きましょう。あなたはまだ若いわ。充分やり直せるわ」

「いいえ、もういいんです」

「もういい、って……」

「やったことの償いはします。ただ——会って、直接、あなたのことが好きだった、と言いたかったんです」

「結木君。——何してるの？　やめて！」

見帆が叫ぶように言った。

殿永が、車のエンジンを入れ、アクセルを踏んだ。車は倉庫に向って突っ走る。

「そんなこと、やめて！　結木君！」

見帆の叫び声。

亜由美たちは、車から飛び出して、倉庫の中に駆け込んで行った。

高い天井のはりから、長いロープが下り、そこにぶら下った結木の体が、大きく揺れていた。

「首を吊って……」

と、見帆が声を震わせた。「あの高い張り出しにいたので……止められませんでした」

「手遅れでしょうな」

と、殿永は首を振った。「ともかく、下ろしましょう。——塚川さん、すみませんが、手伝って下さい」

「はい！」

亜由美は急いで殿永について行った。

はりにかけたロープが、キュッ、キュッ、と、揺れる度にきしんでいた。

10　友情の証し

「悲惨な結末ね」

と、聡子が言った。

「うん……」

と、亜由美は、何となく考え込みながら、肯《うなず》いた。

「どうしたの？」

と、聡子が訊《き》く。「何だか元気ないわね」

「お葬式の帰りに、あんまり元気でもおかしいでしょ」

と、亜由美は言い返して、「ね、聡子」

「うん？」

「悪いけど、先に帰ってくれる？」

と、亜由美は言った。

「いいけど……。亜由美はどうするの？」

「ちょっとね、用があるの」

「分った。寒いよ、早く帰らないと」

「うん。――じゃ、また」

聡子が先に歩いて行く。亜由美はそれを見送ってから……。

結木の葬儀に出て来たところである。

会社でも好かれていたせいか、女子社員が大勢やって来ていた。中には泣いている子もいて……。もちろん、松井見帆も来ていた。

亜由美は、小さな公園に入って、ブランコに腰をおろした。

黒のワンピースで、ブランコに揺られているというのも、何だか妙な光景だったろうが、そこからだと、道を行く人が見えるのだった。

まだ昼下りの、早い時間だったが、ずっと曇っているので、まるでもう夜になりかけているみたいだ。

風は冷たく、黒のワンピースはコートをはおっていても、身震いするようだったが、それでも亜由美は待っていた。――そうしないわけにはいかない……。

何人か、お葬式の帰りの人が通って行った——。

「——洋子」

と、亜由美は呼んだ。「ここよ」

五月洋子は、公園の中に入って来た。「何してるの？」

黒のスーツで、洋子の方が少し大人びて見える。

「うん……。隣に来ない？」

「そうね」

隣のブランコに、五月洋子は腰をかけた。「懐しいね、この感じ」

「本当。よく遊んだものね」

と、亜由美は微笑《ほほえ》んだ。

少し間があって、

「亜由美……。何か話があるんじゃないの？」

と、洋子は言った。

「うん」

亜由美は肯《うなず》いた。「——松井さん、辞めるんでしょ」

「そうらしいわ」

洋子は、ちょっと靴の先に目を落として、「寂しいけど、あの人の性格からいえば、当然でしょうね」

「そうね」

と、亜由美は肯いた。「結木君も可哀そうだった」

「いい人だったわ」

「でもね――」

と、亜由美は言った。「あの人には監視がついてたの」

「え？」

「田崎課長を殺したはずがないのよ。ずっと刑事が見張っていたんだから」

洋子は、黙って、亜由美を見ていた。

「それに、私の家に松井さんがいる時、結木君が電話をかけて来たの。どうして番号を知ってたのか、不思議だったわ」

と、亜由美は言った。「うちは番号を電話帳にも出していないし、知っているはずがないのにね」

亜由美は、ちょっと首を振って、

「洋子――」

「分ってるんでしょ、亜由美」

「分ってないわ、何も」

五月洋子は、ちょっと目を細くして、遠くを見るようにしながら、

「私、松井さんのことが好きだったの。憧《あこが》れてたわ。高校の時、クラブの先輩で、松井さんとよく似た人がいたの。しっかりしてて、頼りがいのある女の人に比べたら、男なんて面白くも何ともないわ。そう思わない?」

「分るわ」

「田崎課長が、松井さんのことを……。そう知って、体が震えたわ。しかも、面と向って侮辱したし……。許せなかった。絶対に!」

洋子の言葉には、烈《はげ》しい怒りがこもっていた。

「じゃ、初めから?」

「いいえ。梶原さんのことは、結木君がやったのよ。私も手伝ったけど」

「あの爆弾を?」

「そう。結木君があれを作ったの。でも、あの式場の建物には入れても、披露宴会場にまでは入れないでしょ? だから、私が仕掛けたのよ」

「でも、あれは――」

「聞いたわ」

と、洋子は肯いた。「失敗して良かった、って、結木君と話したの」

「成田で梶原さんに切りつけたのも？」

「私よ」

と、洋子は言った。「結木君が動いちゃ危い、と思ったしね。——松井さんと梶原さんの間のことで、事実を知ったのは、その後だったわ」

「結木君とはずっと……」

「どっちも松井さんのことが好き。ピンと来るものよ」

と、洋子は微笑んだ。「いい友だちだったわ」

「じゃ、二人でやったことなのね」

「ええ。——でも、田崎を殺したのは私一人でやったこと。結木君に話して、自首するつもりだ、って言ったの」

「そう」

「そしたら、結木君、じっと話を聞いていて……。一日待ってくれ、って。まさか——あんなこと、するなんて」

と、洋子は首を振った。「本当にフェミニストだったわね」

亜由美は、靴の先で、下の地面を軽くけった。

「──ごめんね、亜由美」

と、洋子は言った。「でも、私も結木君に総《すべ》てをかぶせて黙ってるつもりじゃなかったのよ」

「だと思ってた」

「ただ、結木君の気持を裏切りたくなかったから、お葬式がすむまでは、と思ってね」

そう言って、洋子はちょっと笑うと、「それにね、松井さんから借りた真珠のネックレス、まだ返してないの」

「私は何も言わないわ」

と、亜由美は言った。「洋子が自分で決めて。何もしなくても、私は黙ってる」

「そう？」

と、洋子は亜由美を見て、「じゃ、亜由美を殺して口をふさいでも？」

「いいわよ。それでも友だちだわ。私は何も言わない」

と、亜由美は言った……。

少し間があって、洋子は、楽しげに笑った。

そして立ち上ると、

「ね、こんな服じゃ変だわ。着替えて、どこかに飲みに出ようよ」

と、誘った。

「うん。——酔い潰《つぶ》れるまでね」

「どっちが強い？」

「ためしてみる？」

「ＯＫ」

二人は笑いながら、腕を取り合って、公園を出ると、弾むような足取りで歩き出した。

もう、冷たい風も、気にならなくなっていた……。

「ねえ亜由美」

と、聡子が言った。「お正月にかけてさ、スキーに行かない？」

「うん……」

亜由美の返事は、素気ない。

「温泉もいいね。どう思う？」

「うん……」

「いっそハワイかニュージーランド?」

「うん……」

「何なら盆踊りにする?」

「うん……」

「こりゃだめだ。――ドン・ファン、何とかしなよ」

塚川家の居間である。

聡子が、何とか落ち込んだ亜由美を盛り上げようとしているのだが、さっぱりのって来ない。――確かに、洋子が自首したので、ショックを受けているのは当然のことである。

「あんた、いつもの恩返しに、逆立ちでもしてごらん」

聡子に言われて、ドン・ファンがプイとそっぽを向いた。どうやら、プライドを傷つけられたと見える。

「亜由美」

と、母の清美が顔を出して、「何だか大きい箱が届いてるよ。神田さん、ちょっと手伝って下さる?」

「はい」

――確かに大きな箱で、リボンがかけてある。

「何だろう？」

と、テーブルにドンと置かれたその荷物に、亜由美も目を丸くした。

「カードがついてる」

と、聡子が取って、「――殿永さんだよ。ええと……、〈早く亜由美さんがいつもの元気を取り戻されますように〉だって」

「開けてみよう」

「うん」

リボンをといて、箱の天辺《てっぺん》の蓋《ふた》を外すと、パタッと箱の四方が開いて……。

「何よ、これ！」

と、二人が同時に言った。

堂々たる、ウェディングケーキだった。天辺に、花婿花嫁の人形が立っている。

呆気《あっけ》に取られて、二人が眺めていると、清美が言った。

「これで、後は相手さえいりゃいいわけね」

亜由美はムッとした様子で、

「ふざけてるわ！」

と、言った。「私たちを馬鹿にしてる！」

「そうよ」

と、聡子も肯く。「当てつけだわ」

「明らかにいやみよ」

「皮肉だわ」

「そうだわ、夕ご飯にひき肉がいるんだったっけ」

と、清美が台所へ消える。

「許せない！」

と、亜由美は力強く言った。「聡子、出かけよう」

「どこへ？」

「殿永さんの所よ。人を馬鹿にしてる！　ぜひ、夕ご飯でもおごらせてやるわ」

「よし、行こう！」

二人は肯き合って、居間を出て行く。

――確かに、亜由美は、いつもの元気を取り戻しているようだ。

「クゥーン」

と、ドン・ファンが呆《あき》れたように（？）鳴いて、ケーキのクリームをペロリとなめたのだった……。

めざめた花嫁

プロローグ

「やれやれ……」

板谷《いたや》は、流れ落ちる汗を拭《ぬぐ》って、息をついた。

春とはいっても、陽射しはもう暑いくらい。特に、板谷は工事用のヘルメットをかぶっているので、ますます暑いのである。

「おーい、気をつけろよ」

と、声が飛ぶ。

板谷は手を振って、

「退《さ》がって！——壁を壊すぞ」

と、怒鳴った。

崩れた壁やタイルが山になっている上を、板谷は、うまくバランスを取りながら歩いて行った。何といってもプロなのだ。

板谷は、いわゆる「壊し屋」である。

家やビルを建て直す時、それを壊すのが仕事。——もちろん、建てるのも大変だが、壊すのは別の意味で難しい。

何でも、ただ壊せばいいというものではないのである。

特に、今のように住宅が密集して、隣家との間に、空地や庭がない場合、取り壊す際の騒音と、土埃《つちぼこり》は、苦情の種になる。

いかに静かに、埃をたてず、すみやかに取り壊すか。そこに、板谷のような「壊し屋」の腕の見せどころがある。

「――主任」

と、若い作業員の大竹《おおたけ》が、走って来る、「あと、一部屋分だけですけど、昼前にやっちまいますか？」

「そうだな」

板谷は、腕時計を見た。――十二時まで、あと五分。

この現場は、学校の古い校舎を壊す作業で、普通の家に比べると、校庭や塀がある分、音や埃に気をつかわなくてもすむのだが、そこはやはり地元の住人との事前協定があって、十二時から一時の間は作業を休むこと、という一項が入っているのだ。

あと一か所。――気持の上からは、片付けて、のんびり休みたい。

しかし、世の中には、こんな時、必ず時計とにらめっこしていて、一分でも作業時間がオーバーすると、

「協定に反している！」

と、抗議して来る手合がいるものだ。

板谷たちは、壊してしまえば、それきりだから、少々もめても構わないが、後に新校舎を建てる連中に、とばっちりが行くとまずい。

「焦《あせ》ることはない。昼休みの後にやろう、もう休んでいい」

「分りました」

大竹は、他の作業員の方へ、「おーい！　昼休み、昼休み！」

と、手を振って見せた。

ブルドーザーや、トラックの動きが一斉に止まると、急に、辺りが静まり返る。

板谷はヘルメットを外して、頭をかいた。汗が流れて来る。

「――板谷さん、弁当ですか」

と、大竹がやって来る。

大竹は二十四歳の若い社員。ちょうど板谷の半分の年齢。ということは、板谷が四十八ということである。

「ああ。――お前もか？」

「買って来たんですよ、近くで。作ってくれる優しい女《ひと》はいないんで」

「じゃ、その辺で食おう」

板谷は、大竹の肩を、ポンと叩《たた》いて、言った……。

「――不思議な縁だな」

と、板谷は妻の作ってくれた弁当を食べながら、言った。

「え？」

「この学校さ。――前に来たことがあるんだよ」

「通ってたんですか？」

と、訊《き》いてから、大竹は、「ああ、ここ、女学校でしたよね」

「俺《おれ》が、昔刑事だったこと、話しただろう？」

「ええ、もう十年くらい前でしょ」

「十一年になるな、刑事を辞めてから。――もう十五年くらい前になるだろう、ここで事件があったのは」

「この女学校で？　何かあったんですか」

大竹は、興味津々《しんしん》という様子で言った。

「うん……。ここの女教師が行方不明になったんだ」

「行方不明？　誘拐《ゆうかい》とか、殺人とか？」

「自分で姿を消す理由は全くなかった」

と、板谷は思い出しながら言った。「確か……そうだ、憶えてるぞ。名前は風《かざ》間涼子《まりょうこ》だ。まあ、写真でしか知らんが、美人で、優しく、生徒たちからも好かれていた。二十六歳だったよ、確か」

「いい年齢ですね」

「風間涼子は、ある会社の社長の息子と結婚することになっていたんだ。人柄を見込まれちまったんだな」

「へえ、そりゃ凄《すご》い」

「しかし、彼女は条件をつけた。結婚しても、子供ができても、教師を辞めない、というんだ。これには相手も困ったらしいが、その社長の父親が、却《かえ》って、彼女のそんなところを気に入ってしまった」

「じゃ、彼女の条件通りで？」

「そうだ。──まあ、順当にいけば、風間涼子は、世界一幸福な花嫁ってことになるはずだった……」

「ところが、ってわけですね」

「おい、食べろよ、そう夢中にならないで」

と、板谷は苦笑した。

「だって、板谷さんの話が面白いから……。それで、どうなったんです？」

と、大竹は、弁当をパクつきながら、訊いた。

「式の前日、彼女はまだこの学校へ来て、働いていた。何しろ仕事熱心だったんだ。校長が『もう帰ったら』と声をかけたんだが、『あと少しですから』と答えて、一人で職員室に残っていた」

「それで？」

「それが、風間涼子の姿が見られた、最後だった。――彼女はその夜、家へ帰らなかった。風間涼子は一人でアパート住いだったが、式を控えて、地方から両親が出て来ていたんだ」

「じゃ、大騒ぎでしたね」

「夜中過ぎても帰らず、警察に届が出た。――式はくりのべされて、捜索が始まった。しかし、どこへ行ったのか、ついに風間涼子の姿はどこにも見当らなかったんだよ」

大竹は肯《うなず》いて、

「よく分りますけど……。でも、人は見かけによらないとも言いますよ」

「うん。俺《おれ》もそれは考えた。しかし、いくら当ってみても、風間涼子に他の男のかげはなかったし、二重人格ってこともないようだった。ただ――」

「何か？」

「殺しかもしれない、と思わせたのは、風間涼子の机の近くの床に、血痕《けっこん》が見付かったからだ。しかし、それだって、よく生徒が鼻血を出したりすると、連れて来て休ませてやったりしていたというし……。果してそれが、風間涼子の血かどうか、判定できなかったんだよ」

大竹は、もう弁当を食べ終えていた。

「可哀そうに。いや、もし何か悲運な目にあったのなら、ですがね」

「結局、半年近く捜査を続けたが、何の収穫もなしに、打ち切らざるを得なかった。風間涼子の両親は、落胆したまま東京を離れて、間もなく亡くなったと聞いたな」

「そうですか……。例の、結婚相手の男はどうしたんです？」

「いや、なかなかいい男でね。彼女は生きてるかもしれない、と言って、二年間も待っていた。——もちろん今は他の女性と一緒になって、十年以上もたつわけだが……」

　板谷は、ふと遠くを見る目つきになって、

「どうしてるかな、あの男」

　と、独り言のように言った……。

　——午後の一時になって、再び作業が始まった。

「おい、あれが、最後の壁だ。きれいにやれよ」

　と、板谷はブルドーザーを運転している部下へ声をかけた。

「一発ですよ、あんなの」

　ブルドーザーが、最後に一枚、忘れられたように立っている壁に向って、ゴトゴトと進んで行く。

「——主任」

　と、大竹が言った。

「何だ？」

「あの壁、ずいぶん厚さがありますね」

「厚さが？」

「ええ。七、八十センチも。中に戸棚でも作るつもりだったのかな」

「そうかもしれないな」

二人は、歩いて行って、ブルドーザーの力に負けて崩れ始めた壁を眺めていた。

「――中が空《あ》いてる」

と、大竹が言った。

「ああ。何だろう？」「変ってますね、こいつは」

と、板谷は言った。

壁が、まるで熱湯をかけた白砂糖みたいに崩れて行く。――そして……。

「おい、待て！」

と、板谷が叫んだ。「止めろ！　止めるんだ！」

「主任――」

大竹が呆気《あっけ》に取られているのを尻目に、板谷は、その壁へと駆けて行った。

「ブルドーザーを退《さ》げろ！」

ブルドーザーが後退し、板谷は、壁の間の空間を、覗《のぞ》き込んだ。

「どうしました？」

と、大竹がやって来る。

「何てことだ……」

板谷は、愕然《がくぜん》として、突っ立っていた。

覗いた大竹は、

「ワッ！」

と、声を上げた。「こ、これは……」

壁の間の、五十センチほどの隙間《すきま》に、白骨が——完全な人間の白骨があった。

しかも、ボロボロになってはいるが、その白骨がまとっているのは、ウェディングドレスに違いなかったのである。

「何です、これ？」

大竹は、膝《ひざ》がガクガク震《ふる》えていた。

「間違いない」

と、板谷が言った。

「え？」

「風間涼子だ。——こんな所に、閉じこめられていたんだ……」

板谷の言葉が聞こえたかのように、その白骨は、ゆっくりと崩れるように倒れたのだった……。

1　十五年前

「ねえ、読んだ？」

「ワン」

「お前に訊いてるんじゃないでしょ！」

と、塚川《つかがわ》亜由美《あゆみ》は、ダックスフントのドン・ファンに言った。

しかし、ドン・ファンの方は納得《なっとく》せず、

「ワン」

と、もう一声、抗議したのだった。

「言ったってむだよ」

と、亜由美と同じ大学に通う親友の神田《かんだ》聡子《さとこ》が、笑いながら言った。「その犬、自分のことを、犬だなんて思ってやしないんだから」

まあ、ドン・ファンの方にも言い分はあったかもしれない。

塚川家の二階、亜由美の部屋で、引っくり返って寝そべっている二人と一匹。

——どれが人で、どれが犬やら、少なくとも、その態度からは、判断がつけにくいのだから。

もちろん、いつもいつも、この二人が、暇を持て余しているわけではない。

ただ――まあ、他の子がデートにいそいそと出かけている時に、決った彼氏とていないこの二人が、時間を持て余していることは、どうしても否定できなかった……。

「何のこと、亜由美？」

「この記事！――ウェディングドレスをまとった白骨ってやつよ」

「ああ、知ってる！　亜由美が喜びそうだなあと思ったの」

「何で私が？」

「だって、そういう話、好きでしょ？」

「嫌いとは言わない」

「ほら見なさい」

「だけど……。十五年も前じゃ、人殺しとしても、もう時効だね」

いつも殺人事件に首を突っ込んだりしているので、ついそういう点に頭が行く。

「でも、歯医者の鑑定でも、はっきりしなかったって。この人、虫歯なかったのかしら」

「かなわないね、そういうのって」

と、聡子が言った。

「何が?」

「だって、週刊誌とか読んでると、『誰からも好かれた、すばらしい人』で、『理想に燃えた教師』で、『清楚《せいそ》な美人』でしょ。加えて、虫歯の一つもないなんて! 人間じゃないよ!」

亜由美も、なるほどと思った。

世の中には、本当に、善意と努力の人、という人間がいないではない。しかし、そういう人とは、付合っていても、息苦しくなるのは事実だろう。

それに、いずれにしても、この白骨が、風間涼子という女教師のものであるのは、間違いないらしいから、彼女が、殺されて壁の中へ塗り込められたのだとすれば、誰か一人は、彼女を憎んでいた人間がいることになる。

「でも、今さら、十五年前の出来事、ほじくり返されたら、困る人もいるだろうね」

と、聡子が言った。

「そうねえ。もうそんな関係者は、めいめいの人生を歩んでいるわけだし……」

十五年前といえば、亜由美など、まだ小学校にも上っていない。遠い昔のこと（？）である。

「でも、まあ、当分は週刊誌とかが、騒ぐでしょうね」

と、亜由美は言って、アーアと伸びをした。

それぞれの「人生」に思いをはせているにしては、いささかしまりのない態度で引っくり返っていると——。

「亜由美」

と、ドアが開いて、母親の清美《きよみ》が、顔を出した。

「お母さん、黙ってドアを開けないでよ」

と、亜由美はむだと知りつつ、いつもの苦情をくり返した。

「ごめんなさい。でも、そろそろ出かけた方がいいんじゃないかと思って」

と、清美は言った。

「私が一体どこに行くのよ？」

「お前、言ってなかったっけ？　今日は家庭教師に行く日だって」

亜由美は、ポカンとして、しばし母親を眺めていたが、やがて、ポンと飛び上って、

「お母さん！」

「何よ、私の勘違いだった？」

「忘れてたじゃないの！　どうしてもっと早く言ってくれないのよ！」

亜由美は机の引出しをあけて、「ええと……問題集、問題集……」

聡子は呆《あき》れて、

「亜由美、いつから家庭教師なんかやってんの？」

「まだ今日で二回目！　だから、うっかりしてたのよ。——ええと、後は、このノートと……」

「誰を教えてるの？」

「小学校の六年生の女の子。中学の受験なのよ。来年！」

「ハハ」

と、聡子は笑って言った。「そりゃ絶望的だ」

「何言ってんの！　じゃ行って来る！　聡子、どうせ暇でしょ」

「引っかかるわねえ」

「留守番しててね、帰ったら、晩ご飯、一緒に食べよ」

と言って、亜由美は、ドタドタと階段を下りて行った。

「あれじゃあね」

と、聡子はドン・ファンに話しかけた。「亜由美も当分、色恋とは無縁ね。そう思うでしょ？」

「クゥーン」

ドン・ファンは、鼻を鳴らすと、聡子の方へすり寄って来た。

「こいつ！　主人がいなくなると、すぐ浮気するんだから！　この不倫犬め！」

と、聡子は叱《しか》って（？）やったのだった……。


「――やれやれ、参った、参った」

と、息を弾ませながら、亜由美は呟《つぶや》いていた。

バスを降りて、目指す家へと急ぐ。しかし、もう約束の時間に二十分も遅れてしまっていた。

途中で、何か口実をつけて電話してやろうかとも思ったが、先週、第一回目に来た時には、道に迷って二十五分遅れ、先方の母親に、いやな目で見られていたので、今度も何の口実にせよ、遅れるというのは、うまくなかった。

「二回でクビかな」

と、思いつつ、角を曲って、やっとその屋敷が——。

津田《つだ》家は、この閑静な住宅地でも、目立って大きな屋敷の一つである。

高い塀に囲まれた、木々の緑に恵まれたその家は、なかなか趣のある和風の造りだった。

この広い家に、まあお手伝いさんはいるといっても、親子三人で住んでいるのはもったいない、と亜由美は思ったものだ。

しかし——今日、角を曲った亜由美は呆気《あっけ》に取られてしまった。

津田家の門の前に、車が何台も停《とま》って、カメラマンだの記者だのが、何十人もワイワイ集まっているのである。

何事だろう？——亜由美は目をパチクリさせて、その光景を眺めていた。

まさか、「よく遅刻する家庭教師を槍玉《やりだま》にあげてやろう」というので、マスコミが集まって……いるわけがない。

津田家の主人は何をしている人間か、亜由美はよく知らなかった。

政治家で、汚職でもしたのかしらね。もしそうなら、早く調べとくんだった！

呑気《のんき》なことを考えていると、

「先生。——先生」

と、誰かが呼んでいる。

先生？——どこに先生がいるの？

キョロキョロ見回すと……、

「あ、恵子《けいこ》ちゃん」

と、亜由美は言った。

自分の教えている子が、ランドセルをしょったまま、電柱のかげから、呼んでいるのだ。

「先生……。どうしよう？」

と、津田恵子は言った。「さっき帰って来たけど、中へ入れないの」

小柄ながら、しっかりした子で、また目立って可愛い。頭も良くて、亜由美なんか、何も高い月謝払って、こんなひどい家庭教師なぞ（自分のことである）つけることないのに、と思ってしまう。

「どうしたの、一体？」

と、亜由美は訊《き》いた。「あなたの家に、石油でも出たの？」

「そんなんじゃないい」

「分ってるわ、ジョークよ。何なの？」

「先生……知りません？　ウェディングドレス着て見付かった、十五年前に消えた女の先生のこと」

「ああ、知ってるわよ、もちろん。週刊誌とかで騒いでるじゃない」

「あの、見付かった女の人と結婚するはずだったの、うちのお父さん」

と、恵子は言った。

「本当？」

亜由美は目を丸くした。

「だから、週刊誌とかTVの人が……。私、行ったら、色んなこと、訊かれそうで」

確かに、恵子の心配は正しいだろう。

「分った。――任せといて」

と、亜由美は言った。「いい？　先生がね――」

――門の前に集まったカメラマンや記者たちは、誰かがチラッとでも姿を見せると、

「ご主人の感想を一言！」

「何かコメント！」

と、口々に怒鳴っていた。

しかし、いくら何でも門の中には入れない。

「しょうがねえな。夜明しするか」

などと言い出すのもいた。

「――皆さん！」

突然、記者たちの背後で高らかな声が聞こえて、みんながびっくりして振り向いた。

もちろん亜由美である。

「皆さん！　こっちを向いて下さい！」

と、甲高《かんだか》い声で呼びかける。

退屈していたところへ、何だか変なのが現われたというので、みんなが亜由美の方を見る。

「あんた、何だい？」

「私は――風間涼子です」

と、亜由美は言った。

「そんなタレント、いたか？」

「馬鹿、例の白骨で見付かった女じゃないか」

「あ、そうか。――じゃ、あんたは？」

「私は風間涼子です」

と、亜由美はくり返した。「この娘さんの肉体を借りて、私は皆さんに語りかけているのです」

「神がかりだぜ」

「お黙り！」

と、亜由美は目をカッと見開いて、「神の声を馬鹿にする者は地獄へ落ちるであろう！」

亜由美の迫力に、記者たちはたじたじである。

「よく聞け！――私の魂は、毎夜、真夜中になると、人の姿を借りて現われる。私の死の真相を知りたい者あれば、真夜中、あの学校へやって来るがいい……」

亜由美は、我ながら、芝居っ気があるのでびっくりしていた。

記者もカメラマンも、呆気に取られて、亜由美を眺めている。

その間に、津田恵子がそっと門のわきの通用口の鍵《かぎ》をあけた……。

恵子が中へ入って一旦《いったん》戸を閉めるのを見た亜由美は、

「そこをどけ！」

と、記者たちを左右へ割って、「私はこの家に用があるのだ！」

「入れないよ」

「見ているがいい……」

亜由美は、通用口の前に立って、「さあ、私のために、戸よ開け！」

スーッと戸が中から開いたので、みんなが目を丸くした。

「ではさらば……」

と、亜由美は記者たちに会釈《えしゃく》して、スイッと中へ入り、戸を閉めてしまった。

「——何だ、あれ？」

「さあ……」

誰もが、顔を見合わせ、首をかしげていたのだった……。

2 母の恋敵

「すみませんでした、本当に」

と、津田郁江《いくえ》——恵子の母親——は、亜由美にお茶を出しながら、言った。

「いいえ。ああいう手合は、こっちの方が意表を突いた出方をする必要がありますわ」

と、亜由美は言って、お茶菓子をつまむ。

「おいしい！」

どうして、うちで食べるお菓子と、こんなに違うんだろ？　謎《なぞ》だわ、と亜由美は思った。

「でも、先生、凄《すご》い！」

と、すっかり恵子は尊敬の眼差で、「凄い才能！」

「まあ――そう言われると照れるわね」

と、亜由美はニヤニヤして、「ちょっとTVに出てみない、とか誘われることもないではないのよ」

「本当！　お笑い番組にぴったり！」

――恵子としては、賞《ほ》めているらしかったのだが。

「困ったもんですわ、あんな昔のことを今さら……」

と、津田郁江はため息をついた。

郁江は、若いころは美人だったろうと思える端正な顔立ちで――今でも四十そここだから、美人ではあるが——いかにも良家の令嬢がそのまま年齢《とし》を取った雰囲気を身につけている。

よく恵子も、

「うちのお母さん、世間知らずだから」

なんて言っているくらいである。

「でも、本当なんですか、ご主人があの女性の——」

つい、亜由美も好奇心を発揮する。

「ええ、私はすぐに気が付きました。主人は幸い仕事でアメリカに行っているので、まだ何も知らないと思いますけど」

「じゃ、奥さまもあの女の人を？」

「風間涼子さんですか？　ええ、知っていましたわ」

と、郁江は肯《うなず》いた。「主人の家と私の家とは、古くからのお付合いですから、子供のころから互いによく知っていました。この家で、主人が、あの女《ひと》を、紹介してくれたんです」

「そうですか……」

「とてもきれいな、芯《しん》の強そうな人でしたわ。主人はもうお坊っちゃんで……。

ああいうしっかりした人にひかれたのは、よく分ります」

「でも……。まさかあんなことになるなんてねえ……」

「本当にひどい話ですわ」

と、郁江は首を振った。「誰があんないい人を殺そうなんて思うんでしょうか。

——恵子、もうお部屋の方はいいの？」

「うん、もう片付いてる」

亜由美もハッとした。

何をしに、この家へ来たのか、思い出したのである。

——二階の恵子の部屋に上って、亜由美はその広さにため息をつく。

亜由美の部屋の四倍——いや五倍もある！　何しろ立派な応接セットが置いてあるのだから。

「さて、この間の問題集、ちゃんとやってくれたかな」

と、亜由美は言った。「分らなかったところを、一緒にやろうね」

「うん。全部分った」

「——あ、そう」

可愛い子には違いないのだが、時として憎らしいとも思えて来る。

「ね、先生」

「何？」

「心配なの」

と、恵子は、一人前に額《ひたい》にしわなど寄せて言った。

「何が？」

「あの女の人、殺したの、お母さんじゃないのかなあ」

亜由美は仰天して、

「何言い出すの！」

「だって……。お母さんは、小さいころから、お父さんと……何ていうの？　いいなずけ？」

「フィアンセね。つまり、結婚するものと決ってた？」

「そう。そこへあの風間涼子って人が割り込んで来たんだもの。面白くないよね、お母さんだって」

「そりゃまあね。でも、大丈夫よ。お宅のお母さん、人殺しなんかしやしないから」

「分んないよ」

と、恵子が真剣に言う。「うちのお母さん、外見はおとなしそうだけど……。カッとなると、凄《すご》く怖い人なの」

「へえ」

すっかり、勉強そっちのけである。

「私、びっくりしたことがあるもん」

「何かあったの?」

「あのね、これ、内緒ね」

と、恵子が声をひそめて、「うちのお父さん、女を作ってたことがあるの」

「へ?」

「女よ。愛人。二号さん。分るでしょ?」

「わ、分るわよ」

亜由美は、何とか教師としての(?)威厳を保つべく、「先生だって大人ですからね」

と、胸を張って見せたりした。

「女の人を、マンションに住まわせてね。でも、お父さん、根が正直で、気の小さい人だから、すぐ見抜かれちゃうの」

娘にこう言われちゃね。亜由美は苦笑した。

「お母さんが、お父さんを問い詰めて……。夜中で、私がもう寝てると思ってたみたいだけど、何だかムードが険悪なんで、起きてたんだ。そしたら夜中に始まって……。凄かった！　お母さん、刃物持って、お父さんに――」

「本当？」

と、亜由美は目を丸くした。

「うん！　でも、お父さんを刺そうとしたんじゃないの。刃物をこう、自分の喉《のど》に突きつけてね――『私が邪魔なら、そう言って！　今、ここで喉を突いて死ぬから！』って叫んで」

「へえ……」

ああいう、外見がおとなしい人は、結構そんなものかもしれない。

「お父さん、床に這《は》いつくばって、『僕が悪かった！　あの女とは別れるから、やめてくれ！』って。私、見てて感動しちゃった」

今の子は、妙なことに感動するものだ。

「で、その女の人とは別れたの？」

「うん、お母さんが会いに行ったみたい」

「よく殺さなかったね」

「ちゃんと、その女の人にお金を渡して、別れさせたみたい」

「なるほどね。──恵子ちゃんも、色んなこと知ってるんだ」

と、亜由美は感心して言った。

「そりゃ、もう子供じゃないもん、私」

小学校の六年生にそう言われると、亜由美としても立場がない……。

「じゃ、お勉強しましょうか」

と、亜由美は言った。「さて、この前はどこまでやったっけ?」

しかし、この夕方は、どうせ大して身も入らなかっただろうが、やはり二人が勉強できないように決められていたらしい。

亜由美が教科書をめくり始めると、家の外で、けたたましいクラクションの鳴る音がして、亜由美は仰天した。

「何、あれ?」

と、亜由美が言うと、恵子の方は、パッと立ち上って、

「おじいちゃんだ!」

と、言った。

「おじいちゃん?」

恵子は、亜由美が止める間もなく、部屋から飛び出して行ってしまった。

やれやれ……。ま、いいか、今日は。

正直なところ、自分も少しホッとしながら、亜由美は教科書を閉じたのだった。

「――私の家庭教師の先生よ」

と、恵子が亜由美を紹介した。「可愛いでしょ。おじいちゃんの好みじゃない?」

「恵子ったら」

と、郁江が苦笑する。

「いや、どうもいつも孫がお世話になっております」

もう七十にはなっているはずの、津田誠一《せいいち》は、亜由美の手をびっくりするほどの力で、握った。

「どうも」

と、亜由美は頭を下げた。

「孫から、先生の武勇伝を聞きましたぞ。いや、大したものだ。私も見物したかった」

と、津田誠一は笑って言った。

「先生、またやって」

「もうだめよ」

と、亜由美は赤くなって言った。

「しかし、全く、うるさい連中だ！」

と、津田誠一は腹立たしげに、「あんなのは馬でけちらしてやればいいのだ」

どうも、この「会長様」は、大分怒りっぽいと見える。

今は息子の津田恵一《けいいち》に社長のポストを譲って、この誠一は会長の職にある。その辺は、恵子から聞いていた。

「――会長」

と、居間へ入って来たのは、パリッとした三つ揃いを着込んだ男。〈秘書〉という看板をしょって歩いてるようなタイプである。

「井川《いがわ》さん」

と、郁江は言った。「あの人たち、どうしてる？」

「何とか引き揚げさせました。お任せ下さい。私がうまくやりますよ」

「助かるわ。主人が帰った時が心配で」

と、郁江は言った。

井川は、津田誠一の秘書だということだった。万事に機転のききそうなタイプ。

井川が、郁江の言葉を聞いて、ちょっとけげんな様子で、

「社長から、ご連絡はないんですか」

と、言った。

「え？　だって明日までニューヨークでしょう」

「いや、今日の午後、お帰りですよ。社に顔を出しておられたし」

井川と郁江の話は、津田誠一の耳には届いていなかった。孫の話相手をして、楽しんでいたからだ。

しかし、ちょうどその中間にいた亜由美の耳には入って来たのだった。

井川の言葉に、郁江の顔がサッとこわばるのを、亜由美は見た。しかし、それはほんの一瞬で……。

「じゃ、もう帰るわね」

と、すぐに穏やかな笑顔になる。「――お義父《とう》さん、夕食をご一緒に。恵子も喜びますから」

「うん、そのつもりだ」

と、誠一は言った。「恵子が、ちゃんとピーマンを食べるようになったかどうか、見てやる」

「スープにすれば飲めるよ」

と、恵子はむきになって言っている。

「あの――」

と、亜由美は言った。「今日はさっぱり勉強できませんでしたので、お月謝からは抜いておいて下さい。私、もう失礼します」

「何だ、一緒に食べてってよ、先生」

と、恵子が来て、亜由美の手を引張る。

「ありがと。でもね、うちで仕度して待ってるし……」

「いや、ぜひ私の隣に座ってほしい。食事の時は、隣に若く魅力的な女性がいるかどうかで、ぐっと違って来るんですぞ」

と、また誠一が、うまいことを言う。

「でも、私は――」

「もう用意させておりますから。今日は、恵子を助けて下さったんですし」

「そうですか。でも……」

聡子に、夕ご飯食べようと言って来ちゃった。でも……。

この面々の話にも、興味があった。この、津田誠一も、当然風間涼子のことを、よく知っていたのだし……。

きっと後で聡子からは「裏切り者！」とののしられるだろうが、仕方ない。

私は別に食い意地が張ってるわけじゃないのよ。そうよ。ただ、これが何かのきっかけになって、事件が解決しないとも限らない……。

色々、自分に言いわけしながら、結局、亜由美は津田家の豪華な食卓についていたのである。

3　夜の花嫁

「ごちそうさまでした」

と、頭を下げて、亜由美は津田家の門を出た。

「――ああ苦しい！」

食べ過ぎてしまった。ともかく、味といい、量といい……。

「金持だ！」

と、亜由美は呟《つぶや》いた。

本当は、帰りも、

「運転手に車で送らせましょう」

と、津田誠一が言ったのだが、それこそ、ロールスロイスで家の前に乗りつけたりしたら、聡子に何と言われるか。

ドン・ファンだって、かみついて来かねないのである。

それに、このお腹の苦しさは、少し歩きでもしなきゃ、とても解消しそうになかった。

「あーあ」

と、亜由美が、思い切り伸びをすると――。

「今晩は」

と、声がして、亜由美は、

「キャアッ！」

と、飛び上ってしまった。

そこには吸血鬼ドラキュラが――いたりするわけがない。

「いや、すみません。びっくりさせるつもりじゃなかったんですよ」

と、その男は笑いながら言った。

「あれ？」

亜由美は目を丸くした。「殿永《とのなが》さん！」

いつも、亜由美がお世話になっている（といっても、捕まってるわけじゃないが）、殿永刑事である。気のいい、しかし凄腕《すごうで》の刑事だ。

「何してるんですか、こんな所で？」

と、亜由美は訊《き》いた。

「私も、そう訊こうと思ってたんですよ」

と、殿永は楽しげに、「どうも、我々は縁がありますね」

「本当。――もしかして、殿永さん、例の白骨死体のことで？」

「ほらほら」

と、殿永は、冷やかすように、「その目の輝くところ。危ないな、どうも」

「こんなにおとなしい娘をつかまえて、危ないなんて」

「いや、冗談です。――どうです、お茶でも？」

「ええ、もちろん。ただ――」

「何です？　食事でもおごりますよ。定食くらいなら」

「結構です！」

さすがの亜由美も、あわてて言った。「帰りに家まで送ってくれません？」

「はあ？」

殿永はびっくりして亜由美を見つめた……。


「――なるほど」

と、殿永はコーヒーのカップを持ち上げながら、「家庭教師ですか、塚川さんが」

「何かご不満？」

「いやとんでもない。しかし家庭教師をやっていても、ちゃんと事件に巻き込まれてしまうんですな」

喫茶店は静かで、空いていた。

「でも、殿永さん、どうしてあの事件のことを？　十五年前に、担当してらしたんですか？」

「だとドラマチックですがね。――いや、実はあの事件を担当していた板谷という男がいましてね。今、彼は父親の仕事を継いで、『壊し屋』なんです」

「殺し屋？」

「まさか！　ビルの解体業者ですよ」

「ああ。びっくりした！」

「板谷は、あの事件で、必死に風間涼子を捜したんです。しかし、ついに発見できなかった。ところが――」

と、殿永は一息入れて、「あの校舎を壊して、あの白骨を見付けたのが、何と板谷自身だったんです」

「へえ！　運命ですね」

「面白いでしょう？　しかし、板谷は、ただの偶然以上の何かを感じたようです」

「というと？」

「つまり、あの死体は、彼に発見されるのを待っていた、と……。犯人を捕まえてくれと訴えかけているんだ、というわけです」

「なるほどね」

亜由美にも、その板谷の気持は分るような気がした。

「しかし、板谷はもう刑事ではない。そこで古いなじみの私の所へやって来た、というわけです」

「じゃ、殿永さん、この事件の調査にのり出すんですね？」

「そう迫って来ないで下さい」

「前へ出てるだけです」

「ご承知の通り、十五年もたっていますからね。今さら……。しかし、風間涼子が姿を消した日から数えると、十五年目まで、あと半月ほどあるんですよ」

「じゃあ……」

「もし犯人がいるとしたら、きっと焦《あせ》っているでしょうね。あと半月の間に、犯人と立証され、逮捕される可能性もあるんですから」

「やりがい、あるじゃないですか！」

「そう飛びはねないで下さい。――しかし、容易なことじゃありませんよ。もう当時の関係者だって、どこにいるか分らない者もいる」

「でも――少なくとも津田恵一と、その父親はいます。それに、恵一の妻の郁江」

「ええ、それは分ってます」

「実は、今日、娘の恵子ちゃんから、聞いたんです」

亜由美は、郁江が、夫に女ができた時、決死の覚悟で迫った、という話を殿永に聞かせた。

もちろん、相手が殿永だから、話したのである。恵子の打ちあけ話を、勝手に人にしゃべるわけにはいかないが、殿永は特別な存在だ。

「――なるほど、それは意味深長なエピソードですな」

と、殿永は肯いた。「もちろん、郁江に、風間涼子を殺す動機はあったかもしれませんね。しかし、実行したとして、それを立証するのは大変です」

「分ります」

と、亜由美は肯いて、「それに、恵子ちゃんのこともあるし……。郁江さんがやったかどうかは私にも――」

「よく分ってます。安易に動くことはしませんよ」

と、殿永は請け合った。

「それと――風間涼子のことと、直接関係ないとは思いますけど、ちょっと気になることがあったんです」

「ほう?」

亜由美は、郁江の夫、津田恵一が、もう帰国しているらしいことを、説明した。

「それを聞いて、奥さんの顔色が変りました。あれ、きっと、ご主人にまた女ができたんじゃないかしら」

「なるほど」

と、殿永は言った。「それを、秘書の井川という男が言ったんですね」

「ええ」

「妙ですな」

「――何が？」

と、亜由美は訊いた。

「その井川という男、津田誠一の秘書をやるぐらいだから、かなり優秀でしょう」

「ええ。いかにも、って感じ」

「おかしいですよ。津田郁江が、夫は帰ってないと思っていることを、口にしている。それなのに、井川は、帰っていると、わざわざ教えています。これじゃ、『社長は浮気してます』と、郁江に教えているようなもんだ」

亜由美にも、殿永の言わんとすることが分って来た。

「つまり――」

「いい秘書なら、それぐらいのことは察するべきですよ」

「じゃ、黙ってれば良かった、と?」

「別に、夫の方の味方をしろ、というわけじゃない。ともかく、その場でそんなことを言えば、夫婦の不仲の原因を作るようなものですよ」

「そりゃそうですね」

「井川という男、何か考えているのかもしれませんね」

「でも、風間涼子さんのことと……」

「もちろん、それとは別でしょう。ただ、気になったのでね」

――二人は飲物を空《から》にして、喫茶店を出た。

「じゃ、約束通り、送りましょう」

「いいんですか?」

「もちろん。役に立つ話も、聞けましたしね」

二人は一緒に歩き出した。

「何から手をつけるんですか?」

と、亜由美が訊くと、

「さて……。取りあえず、津田恵一には会って話を聞かないとね。それから、風間涼子の死体をどうやって壁の中へ隠したか。――取り壊す前の校舎について、図面を見たり、通っていた学生の話を聞かなくては」

「そうですね。部屋になっていたのなら、捜したでしょうし」

「当然です。それから、今、ウェディングドレスのメーカーを当っています。彼女が、本当に式で着るはずだったのは、もちろん別の物でしたから」

「でも十五年も前じゃね」

「ま、だめでもともとですよ」

と、殿永は明るく言った。「お宅のワンちゃんは元気ですか?」

「相変らず、女の子を追い回してます」

と、亜由美は言った。

そのころ、ドン・ファンはクシャミしていたかどうか……。

「ハクション!」

と、Nデパートの警備員、松山《まつやま》は派手なクシャミをした。「――ハクション!」

何しろ、ごく普通のクシャミでも、閉店後の夜中のデパートの中では、雷でも落ちたかと思うような大音響になる。

「ああ、畜生！　誰か噂《うわさ》してやがるな」

と、松山はこぼした。

一人でいるのに、つい口に出して、言ってしまう。

何かしゃべっていた方が、歩いていて気楽なのである。何しろ、夜中のデパートなんて、あまり気持のいいものではないのだから。

上の階から、一つずつ見回りながら、降りて来て、今、松山は四階の婦人服の売場に来ていた。

松山には最も縁のない売場だが、ただ歩いているだけなら、金がかかるわけでもないし……。

しかし、ともかくデパートの中でも、この辺の売場が一番気味が悪いのも、また確かだった。開店中に女房を連れて歩いて、

「あれ、買おうかしら」

と言われる度にドキッとする。というのとはまた違って、夜中に歩いていると、もちろん照明はほとんど消してあるし、白い布をかけたマネキンたちが、まるで誰か人が立っているかのようにも見えて、ゾッとしない光景ではあった。

いつも、この辺は松山としても、足早に通り抜けることにしていて、今夜もまた──。

バタン、と何かが倒れる音がして、松山は足を止めた。

「──何だ？」

まさか誰かが隠れてることが……。それなら、俺がいなくなってから出て来てくれりゃいいのに。

しかし、松山も真面目《まじめ》な性格である。聞こえなかったふりをして、行ってしまうということはできないのだ。──仕方ない。

渋々、音のした方へと歩いて行った。

どうやら──ウェディングドレスのコーナーらしい。

あんな物盗む奴《やつ》もいないだろう。

大体、閉店後に見付かる人間というのは、トイレで眠っていた酔っ払いとか、浮浪者みたいなのが、ほとんどである。

大方、今の音も、その類《たぐい》の……。

スッと何かが動く気配があって、松山は飛び上りそうになった。

「誰だ！」

と、怒鳴《どな》ったものの、声は震えている。

心臓が飛び出さんばかりの勢いで打っている。

「おい。——誰かいるのか？」

と、懐中電灯の光を、向けてみると……。

ウェディングドレスを着た女が、ゆっくりと、歩いて行く。

——松山はポカンとしていた。

何だ？　こんな所で何してるんだ？

ウェディングドレス……。

松山も、あの事件のことは、知っていた。でも、もちろん、このデパートとは何の関係もないのだ。

「おい……。誰だ？」

と、松山はこわごわ、声をかけた。「おい……」

すると、その女が立ち止った。そして、ゆっくりと松山の方を向いたのである。

ヴェールの下の顔は、よく分らなかった。

「何してんだね、こんな所で……」

松山は、できるだけ平気そうな声を出そうと努力していた。それでも、やっぱり声は少々情ないくらい、小さかった。

女が、手でヴェールを持ち上げた。

そこには顔が——なかった。顔の所は、ポッカリと黒く、空洞のようで……。

「ワッ！」

と、一声、松山はその場に座り込んでしまった。

腰が抜けたのである。そして、そのまま、いとも安らかに気を失って、引っくり返ってしまったのだった……。

4　犬と少女の物語

「裏切り者、おはよう」

と、神田聡子が言った。

「まだ言ってる！　しつこいのね、あんたも！」

と、亜由美は顔をしかめた。「ちゃんと説明したでしょうが」

「でも、裏切ったことは間違いない」

「分ったわよ。お昼、何でも好きなもん、おごるから」

「やった！　じゃ、勘弁してやる」

と、聡子はニヤニヤして、「でも、学食でしょ？」

「当り前でしょ。私たちは学生よ」

と、亜由美はもったいぶって言った。

正直なところ、学食なら、どんなに高くても千円以下ですむのである。

「――デパートに、ウェディングドレスの幽霊が出たって、TVで見た？」

「知ってるわよ」

と、亜由美は苦笑して、「ゆうべのTVは、それぱっかりだったじゃない」

「本当に幽霊だったのかなあ」

――二人は、午前中の講義に出るべく、大学のキャンパスの中を歩いていた。

暖かい、穏やかな日で、亜由美は、講義も始まっていないのに（？）もう眠くなっていた……。

「分んないわよ。だけど、幽霊なら、あのデパートに出る理由がありそうなもんじゃないの」

と、亜由美は言った。

「へえ」

と、聡子は意外そうに、「亜由美、幽霊って信じてるの？」

「別に。——絶対にないとも言えない、くらいのことは考えてるわ」

と、肩をすくめて、亜由美は言った。

「そうなの？　名探偵は、すべて合理的なものの考え方をするのかと思ったわ」

「そんなことないわよ。大体、人間なんて合理的な生きものじゃないでしょ」

亜由美は珍しく（！）哲学的な意見を述べたのだった。

「——ああ、よく眠れそう」

と、講義室へ入って、聡子が大欠伸《あくび》。

大学へ来ると欠伸が出る、というのは、やはり「条件反射」というべきものかもしれない。

人間も、この辺は「合理的」にできているのである。

「——塚川君」

と、呼ぶ声がして、早くも少しトロンとしていた亜由美は、

「何よ、気安く呼ぶなって」

と、振り向いた。

「君に電話が入っているそうだ」

と、教授が、冷ややかな目で、亜由美を見下ろしていた……。

――全くもう！

こんな時に、電話して来るなんて、どこの誰だ！

八つ当り気味にブツクサ言いつつ、亜由美は事務室へと駆けて行った。

「あ、塚川さん」

と、よく顔を知っている事務の女の子が、

「その電話」

と、指さす。

「すみません」

「珍しく警察からじゃないみたい」

「――どうも」

と、亜由美は、やや複雑な思いで、言った。

もっと、恋人からとか、不倫の相手からとか（！）、色っぽい電話はないものだろうか……。

「――お待たせしました」

と、息を弾ませて、出ると、

「あ、先生ですか」

「え？」

一瞬、かけ間違いかと思って、ムッとした。せっかく人が走って来たのに！

しかし、待てよ。この声は……。

「津田恵子の母でございます」

「あ、どうも」

怒鳴《どな》りつけなくて良かった。

「あの——実は、大変お恥ずかしいことなんですが」

と、津田郁江は言った。

「いいえ、この間はごちそうさまでした」

と、亜由美も、トンチンカンなことを言っている。

「恵子が家出したらしいんです」

「ええ？」

これには、さすがの亜由美も目が覚めてしまった。

「い、いつですか？」

「学校から連絡がありまして……。まだ来ていない、と。いつも通りに出ましたので、びっくりして、何かあったのかと」

「それで?」

「机の上に、手紙が……。あの――ゆうべ、私と主人が、少し言い合いをしたのです。それを聞いていたようで……」

「じゃ、置手紙が?」

「そうなんです。――どこへ行ったのか、心当りを捜しているんですけど。もしかしたら先生の所に」

「分りました。まあ、大丈夫と思いますよ。恵子ちゃん、しっかりしてるから。もちろん、うちへみえたら、ちゃんとお預かりしますから」

「よろしく。あの――その時はご連絡を」

「もちろんですわ」

「お勉強の最中、失礼いたしました」

「あ、いいえ、どうも……」

一瞬皮肉を言われたのかと思った。それはひがみというものだろう。

亜由美は電話を切って、戻りかけたが――。ふと、ある直感が、亜由美の中にひらめいた。

「——すみません、この電話、借りていいかしら」

「ええ、いいわよ」

「ちょっと家へかけるだけだから」

と、亜由美は言った。

学生は、事務室の電話でかけてはいけないことになっているのだ。

「——もしもし、お母さん？」

「あら、亜由美。元気？」

「今朝会ったでしょ」

「そうだっけ？」

「どうでもいいけど、ね、誰か私のことを訪ねて来なかった？」

「来たわよ」

「やっぱり！　じゃ、私が帰るまで待っててって言っといて」

「もう帰ったわよ」

「ええ？　どうして止めとかなかったの？」

「あなた、そんなに保険に入りたいの？」

「何よ、それ？」

「生命保険の勧誘の人でしょ」

「違うの！　あのね、私の教えてる小学六年生の子が家出したの」

「まあ」

と、清美がびっくりしたように、「あなたがそそのかしたの？」

「まさか！　もし、私のこと訪ねて来たら、大事にしておいてね」

「分ったわ。でも——来ないんじゃない？」

「どうして？」

「そういう時は、頼りになりそうな人の所へ行くものよ」

何考えてんだろ、あの母親は！

亜由美は、事務室を出て、歩きながら、

「やっぱり、あの亭主は浮気してたんだ」

と、呟《つぶや》いた。

それが分って、また津田郁江が怒った。

恵子が家を出るくらいだから、少々のことじゃなかったんだろう。——本当に、家庭内が荒れていると、子供ってのは、やり切れないものだ。

その点、亜由美の所は、父親の「恋人」はアニメの少女たち——ハイジとか、セーラとかだから、母親も怒ったりしないのである。

「あれ?」

——亜由美は、ハッと我に返った。

何だか知らないが、講義室に戻ったつもりが、いつの間にやら、外へ出て、校門の方へと歩いていたのだ。

これはきっと、何かの「お告げ」なんだわと亜由美は思った。家へ帰るべきだという……。

亜由美は、運命には逆らわないことにした。——もちろん、聡子から、また、「裏切り者!」と言われるかもしれないとしても……。

「ワン」

「あら、ドン・ファン。——お腹空《す》いたの? ちょっと待っててね」

と、清美は、亜由美の電話に出た後、片付けをしながら言った。

「手伝いましょうか」

「いいのよ。あんたはその辺で引っくり返ってなさい」

と、清美は言ったが……。

しかし、ドン・ファンがいくら「人間的」な犬でも、人間の言葉をしゃべったのは、聞いたことがない。清美は、びっくりして（大分遅かったが）、振り向いた。

そこには、見るからに利発そうな少女が立っていた。

これがドン・ファンかしら。もしかしてダックスフントは、呪《のろ》いをかけられた仮の姿で、本当は……。

でも、足の長さが違いすぎるし。

「あの、すみません」

と、少女は頭を下げて、「津田恵子です。亜由美先生のお宅ですよね」

「亜由美先生……。ああ！　あなたが、亜由美の教えている、可哀そうな――いえ、可愛い生徒さんね」

と清美は言った。

「突然すみません」

「いいのよ。よく分ったわね」

「近くまで来たら、この犬が……」

と、ドン・ファンを指して、「足下にじゃれついて来て。先生から聞いてたんです、この犬のこと。それで一緒に来たんです」

「まあ。そうなの。ともかく可愛い女の子に目がないの、この犬。さ、座って。何かお菓子でも食べる?」

「お構いなく」

と、ちょっと大人びた口をきくのも、こういう子だとおかしく見えない。

「家出して来たんですって?」

「え?」

と恵子は目を丸くして、「じゃ、お母さん、もうここへも知らせたのかあ」

「いいわねえ。今の内よ、家出なんてできるのは」

「そうですか」

「そう。子供が大きくなったら、もう家出なんかできませんよ」

恵子には大分先の話だろうが……。

——亜由美が帰って来たのは、それから三十分ほどしてのことだった。

「ただいま!」

と、玄関を上って、少女の靴があるのに気付いた。

「やっぱり！」

居間へ入った亜由美は、ソファで、母親とドン・ファン、それに恵子の三人が揃《そろ》って昼寝しているのを見て、啞然《あぜん》としたのだった……。

「——でも。お宅では、心配してるわよ」

と、亜由美は、目を覚ました恵子に、言ってやった。

「ええ。もちろん、ここにいることは知らせるつもり。だけど、帰りたくないの。——いいでしょ、先生？」

と、哀願されると、亜由美も弱い。

「でも……」

「どうせ、うちは当分大変だし」

「大変って？　またお父さんが謝ってるの？」

「それが——」

と、恵子が、ちょっと眉《まゆ》を寄せて、「ただ、女の人がいた、とか、そんなんじゃないみたい」

「へえ」

「聞いちゃったんだ」

「何を？」

「お母さんが言ってるのを。――『何のためにあんなことしたの！』って。ね？ おかしいでしょ、訊《き》き方が」

「うん……」

「たぶん――お父さんか、お母さんか、どっちかが、あの女の人を殺したんじゃないかなあ」

と、恵子は言った。

亜由美はドキッとして、少女を見つめたのだった……。

5 暗い同窓会

ドアが開くと、部屋の中にいた二人は、ドキッとした様子で振り返った。

「ごめん、遅れて」

と、入って来た女性が言った。「香子《きょうこ》はまだ？」

「うん。――かけたら？」

「そうね」

中華料理店の個室。――丸いテーブルを囲んだ四つの椅子《いす》は、あと一つだけ空《あ》いていた。

「久代《ひさよ》、いいの、ご主人の方は？」

と、一人が、今来た女性に訊《き》く。

「うん。実家へ行くから、遅くなるって言ってあるの。――和子《かずこ》、もう病気は治ったの？」

「まあね」

「久代のとこはいいわね。子供がないから、気楽に出られるし」

「でも、何かと大変。仕事の方はね」

と、久代は笑って言った。「あ、私にもお茶、ちょうだい」

「うん。――どうぞ」

「ありがとう。注文は？」

「これからよ。二人じゃ決められないじゃない」

「それもそうか。でも、メニューぐらい、見ていようよ」

久代が一番元気な様子だ。和子と宏美《ひろみ》の二人は、大分くたびれた様子で、お茶をすすっていた。

「——失礼いたします」

と、ウェイターがメニューを持って来る。

「あと一人、来るので、それからオーダーします」

と、メニューを受け取って、久代が言った。

「わかりました」

——ウェイターが退《さ》がって行くと、

「何だか暗いムードね」

と、言った。「食べて、元気出しましょうよ」

「私はここんとこ、眠れなくて」

と、和子が言った。

「また、胃に穴があくよ」

と、久代がからかった。

「そうねえ。——長生きできないんだわ、きっと」

「和子ったら。しっかりしてよ」

と、宏美が顔をしかめる。「せっかく、昔の仲間が集まったのに」

「でも——気にならないの？　あのデパートの幽霊騒ぎ」

「ならないわけがないでしょ」

と、顔をしかめる。「でも、気にしたって何も事態が変るわけじゃないわ。違う?」

「久代はいいわね。昔からドライだったし」

と、また和子はため息をついた。

「余計な心配はしないことにしてるの。そうでなくたって、人生、心配事はいくらでもあるんだから」

「でも、香子、遅いわね」

と、宏美が腕時計を見た。

そう。——いつも遅刻が常習の宏美はともかく、香子はせっかちで、集まる時には、必ず一番先に来ていたのである。

「香子が来なきゃ、話になんないわね」

と、久代は言った。「それとも、何か食べてる?」

そう言って、メニューを広げた時、ドアが開いて、その香子が立っていた。

「あら、遅かったじゃない」

と、久代は言って——。「どうしたの!」

香子は真青だった。そして、ハアハアと息を切らしている。

「誰かに——追いかけられたの」

と、息をつくと、「ごめんなさい。もう、大丈夫よ」

「——座って。何かアルコールでも？」

「いいえ。もうやめてるの」

椅子にかけて、香子は首を振った。「遅れてごめんね。デパートで、あれこれ、大変だったから」

香子は、あの幽霊騒ぎのあったデパートに勤めているのだ。

「何か分ったの？」

と、久代が訊いた。「ほら、お茶」

「うん……。おいしい！」

一気に飲み干して、「——今のところ、何も分ってないの。誰かのいたずらだ、ってことになってるけど、女の子たちは怯《おび》えちゃって、だめ。辞表出したのが二十人もいたんだから」

「へえ！」

と、久代が呆《あき》れたように、「簡単に辞めるのね」

「でも、やっぱり、いい気はしないわよ」

と、香子は言った。

「――なぜ、あのデパートに、幽霊が出たのか、誰も知らないの?」

と、和子が訊いた。

「私だって知らないわよ」

と、香子は言った。「ただ――私の出身校を、みんな知らないからね。もし、知ってたら、何か言われたかもしれない」

ウェイターが入って来て、料理を注文し、飲物も、久代の主張でビールぐらいなら、ということになって、やっと四人の顔も、少し明るくなって来た。

「――香子、追いかけられた、って、誰に?」

と、宏美が訊いた。

「気のせいだったのかもね。何しろ、ピリピリしてるから、やっぱり」

「でも……」

と、和子が、独り言のように言った。

「もし本当に、風間先生が――」

「馬鹿言わないで」

と、久代が遮《さえぎ》った。「私は負けないわよ。たとえ、相手がお化けでもね」

「そうよ」

と、香子が肯いて、「恨まれるのなら、殺した人間でしょ。私たち、別に先生を殺したわけじゃないわ」

「しっ！」

と、久代がたしなめて、「大きな声、出さないでよ。――ともかく、四人が集まったのは、あの時の秘密を、決して口にしない、という誓いを新たにするため。そうでしょう？」

「今さら誓って、何になるの？」

と、和子が言った。「もう、みんな分ってるのよ、先生には……」

和子は、顔を伏せた。――他の三人は、無言で目を見交わしたのだった。

それでも、料理が来て、食べ始めると、四人とも、しばらく会っていなかったせいもあり、「近況報告」や、クラスメイトの噂話《うわさばなし》で、大分ムードは持ち直した。

「香子はずいぶん出世したんでしょ」

と、久代が言った。

「出世ってこともないわ。女は大して重要視されないのよ」

「そうなの？　でも——」

と、久代が言いかけた時、ドアが開いて、

「失礼いたします」

と、大皿のペキンダックが運ばれて来た。

「——これ、ここじゃないわ」

と、久代が言った。「注文してないわよ」

「お客様が、このお部屋へさし上げてくれ、とのことで」

「へえ。——誰かしら？」

「はい……。風間様とおっしゃる、女の方です」

と、ウェイターは言った。


「つまらない、いたずらよ」

と、久代が言った。

タクシーに乗っているのは、久代と香子の二人。帰る方向が、同じなのである。

「和子、大丈夫かな」

と、香子が言った。

「大丈夫でしょ。――でも、一番参ってるわね、あの人」

「そうね。本人も、ご主人と別れたり、色々あったものね」

と、香子はため息をついて、「やっぱり、後を尾《つ》けられてたんだわ」

「何が？」

「私が、よ。尾けて来た誰かが、あの料理を――」

「でも、誰が？」

「分らないけど」

と、香子は肩をすくめた。

二人は、しばらく黙っていた。――久代が、窓の外へ目をやりながら、

「あんな昔のこと、もう忘れてたのにね」

と、言った。

「そうね……。あの先生、でもすてきな人だった」

「思い出しても、ウットリするわね。私たちの用意したウェディングドレスを着た先生のきれいだったこと」

「そう……。まさかね、あんなことになるなんて、思わなかった……」

「ねえ」

と、久代が言った。「誰がやったんだと思う?」

「分らないわよ」

「でも――あの時、学校には、他に誰も残っていなかったわ」

「どこかに隠れてたんでしょ」

「そうかしら」

香子は、久代を見て、

「じゃ、どうだっていうの?」

「よく分らないけど……。私たち四人、学校を出て、別れたわよね。でも、もし、誰か一人が、学校へ戻ったとしたら?」

「何ですって?」

「もちろん想像だけど……。もし学校へ戻った子がいたとしたら――」

「じゃ、四人の内の誰かが、先生を……」

「そう決めてかかってるわけじゃないの。でも、可能性としてはね」

香子は、じっと久代の顔を見ていたが、

「あなた、見たのね」

と、言った。「一人が学校へ戻るのを」

久代は、ゆっくりと肯いた。

「誰?　――宏美?　和子?」

久代は息をついて、

「今は言えないわ。何でもないことかもしれなかったんだし」

と、言った。「あ、もうすぐだわ」

タクシーが四つ角に近付くと、久代は、

「その先で」

と、運転手に言った。「じゃ、香子、またね」

「久代――」

「また会いましょ」

と、手を振って、開いたドアから、ポンと跳《と》ぶように降りた。

タクシーが走り出す。

中から香子が手を振ると、久代の方も、手を振って見せた。

そして――チラッと、ほんの一瞬のことだったが、夜の闇《やみ》の中、車のライトに照らされて、白いウェディングドレスの女が立っているのが見えたような気がした。

「まさか……」

と、香子は呟いた。「まさか……」

そして、香子は、深々と息をつき、両手で顔を覆うと、

「先生……」

と、呟いたのだった。

6 不安な女教師

応接室へ入って来た津田恵一は、意外そうに目を見開いた。

「こりゃあ、先生。うちの恵子が、何だかご迷惑を――」

「いいえ、とんでもない。気にしないで下さいな」

と、言ったのは、もちろん亜由美である。

「あの……警察の方がみえたと聞いたんですがね」

「私です」

と、殿永が自己紹介して、「こちらの塚川さんとは、旧知の間柄でして」

「そうでしたか！　しかし……。先生、お若く見えますすね」

亜由美は少々カチンと来て、

「旧知といっても、新しいんです」

と、妙な弁明をした。

「ま、どうぞ」

と、津田恵一はソファにすわった。「いずれおみえになると思っていましたよ」

「どうも大変なようですね」

と、殿永は言った。

「いや、全く、困ってます」

と、津田恵一は苦い顔で、「ビルの前にはいつもTVのレポーターやカメラマンが待ち構えているし、仕事の電話だというので出ると、『一言、風間涼子さんのことでコメントを』と来るんです」

「ほんのしばらくのことでしょう」

「そうでなきゃ困ります。――恵子が、先生のお宅にご厄介になっているのも、その点では、助かっています」

と、津田恵一は言った。

「でも、恵子ちゃんは、ご両親が何だか仲良くしていない、と言って、うちへ来てるんですよ」

亜由美の言葉に、津田恵一は、

「面目ない話です」

と、頭をかいた。「別に……その、喧嘩《けんか》とかいうわけでもないんですがね」

「今度の風間涼子の事件と関係が？」

と、殿永が訊《き》く。

「まあ……いくらかは」

と、渋々肯《うなず》く。「何といっても、郁江も、彼女のことを知ってました。今になって、彼女がまるで〈天使のような女〉にされては、郁江の立場としては、面白くありません」

「当然ですな」

と、殿永は肯いて、手帳を開くと、「さて――事件のことですが」

「何分、十五年も前のことですから」

「よく承知していますよ」

殿永の訊き方は、決して威圧的ではない。しかし、そこがなかなか曲者《くせもの》なのである。

「あんな所から、風間涼子の死体が見付かるなんて、想像しましたか？」

「とんでもない！」

と、津田恵一は強く首を振った。「大体、あんな所に部屋があったなんて……」

「当時の図面を見付けましてね」

と、殿永はページをめくった。「あの空間は、小さな物置になっていたようです。ところが、水が洩《も》って、下の板が腐り出したんですね。それで、ああしてふさぐことになったそうです」

「しかし、どうしてあんな所に彼女が――」

「あの日、ちょうど、その壁を塗ったばかりだったんですよ。その夜に、風間涼子は姿を消した。――つまり、殺されたわけです」

「じゃ、犯人は、それを知っていたということですか」

「まあ、そうでしょう。彼女を殺し、死体をどうしたものか、困った。そして、ふと、新しく塗ったばかりの壁のことを思い出した……」

「しかし、犯人は、その中へ彼女を入れて、また壁を塗ったわけですか」

「そうです。ただ、もともと、下にベニヤ板を貼《は》って、それの上に塗ったというので、どっちにしろ、素人《しろうと》の仕事だったんです」

「そうですか。すると、誰でも、その気になれば……」

「できないことはなかったでしょう」

と、殿永は肯いた。「我々も残念です」

「どうしてウェディングドレスを着ていたんでしょう」

と、亜由美が言った。「津田さん、お心当りは？」

「いや、一向に。――彼女のために用意したのは、あの当時としては、相当に高価なものでした」

と、津田恵一は言った。

「そうでしょう」

と、殿永は言った。「あの死体が身につけていたもののメーカーを、何とか突き止めました。そこの話では、至ってシンプルな、あまり値の張らないものだったそうですよ」

「なるほど。しかし、誰が一体そんなものを――」

「もちろん、今となっては、誰が買ったのかまでは、調べようがありません。ただ、犯人が風間涼子を殺してから着せたとは思えないのです」

「というと？」

「つまり、あのウェディングドレスのどこにも血痕《けっこん》らしいものはついていませんでした。それに、もちろんボロボロになってはいましたが、力ずくで引張って裂けたような部分は見当らなかったのです」

「つまり、彼女が自分で着た、ということですか」

「脅されて、という可能性はありますが、ともかく、自分で着たことは確かでしょうね」

と、殿永は肯いて言った。

「――全く、見当もつきませんね、何があったのか」

と、津田恵一は首を振って、言った。

「あなたは、たとえば風間涼子が、誰かから求婚されていたとか、そんなことを聞いたことはありませんでしたか」

殿永に訊かれて、津田恵一は、しばらく考え込んでいた。

「――どうかなさいました？」

と、亜由美が言うと、

「ああ、いや……。そのことは、彼女がいなくなった十五年前にも、ずいぶん訊かれたし、考えました。そして、この間、彼女が発見されてから、また必死に思い出してみたんです……」

「何か思い当ることが？」

津田恵一は、少しためらいながら、

「十五年という年月は、短くありません」

と、言った。

「もちろん、あなたが、昨日のことのように鮮明に、当時のことを憶えておられるとは期待していませんよ」

と、殿永が言うと、

「いや、そういう意味じゃないのです」

津田恵一は首を振って、「あの時には何でもないと思えたことが、今、この年齢になって考えると、何か意味あることのように思えて来る、と。――そんなこともあるんですね」

「なるほど」

「式の前になって、涼子は、何となく悩んでいる風でした。それまで、彼女は、何につけても、迷いというものを見せない女《ひと》だったのです」

津田恵一はすわり直して、「結婚を承諾する時も、もちろん、彼女なりに充分考えたに違いないのですが、決して迷いはしませんでした。教職を続けるという条件を出した時も、それはだめだと言われたら、ためらわずに、結婚を断ったでしょう」

「なるほど。ところが――」

「式の間近になって、彼女はどうも時々、沈み込むようになったんです。しかし、こっちはもう、すっかり舞い上ってしまってますからね、そんなことなど、気にもしていません。女なら、色々悩むもんなんだろうな、ぐらいに考えていましたから」

「それが、今になってみると、気にかかる、というわけですね」

「そうなんです」

津田恵一は肯いて、「今思い出してみると、確かに、式の前になって、涼子は迷っていた。彼女らしくないことです。――一体、何があったのか、訊いてみるべきだったんでしょうが……」

「何か、手がかりになりそうなことを、一言も言わなかったんですか」

「ええ……」

津田恵一は、少し口ごもった。「いや――実は――もう十五年も前のこととはいえ、お話ししにくいことなんですが」

——亜由美と殿永は、じっと津田恵一が口を開くのを待っていた。

当人が話す気持になりかけている時、下手《へた》にせっつくと、却《かえ》って口を閉じてしまうこともあるのだ。その辺、亜由美も殿永から学んでいた。

「まあ、笑われそうなことですがね」

と、津田恵一は、ちょっと笑って、「——僕と風間涼子が初めて、その……ホテルに泊ったのは、式の一週間前だったんです」

「へえ」

と、亜由美は、つい妙な声を上げてしまった。

「まあ、その前にもキスぐらいはしてましたが、何しろけじめってものをうるさく言う女性でしたから、そういうことは結婚まではだめだ、と言われてたんです。当人がだめ、と言えばもう、これは絶対無理ですからね。こっちも諦《あきら》めてました。ところがその時は、彼女の方から、僕を誘ったんです。これにはびっくりしました」

「何か、特別のきっかけでもあったんですか？」

「いいえ。普通に食事をして、式の打ち合せをしていたんです。彼女は酔っていたわけでもないし、特にロマンチックなお膳立てが揃《そろ》っていたというわけでもないのに、突然、『今夜、どこかに二人で泊りましょうよ』と言い出したんです」

「何か理由を訊《き》きましたか？」

「いいえ。こっちはもう即座にＯＫで、近くのホテルの部屋を取って……。彼女は男は初めてでした。──あの時、きっと、彼女は不安だったんだと思います。彼女何か、彼女を不安にさせるものがあったんです。しかし、鈍い僕は、全く、そんな彼女の気持に気付かなかったんです」

と、津田恵一は、ため息をついた。

亜由美は、少し間を置いて、

「立ち入ったことをうかがいますけど」

「何ですか？」

「今、奥様の他に、恋人はいらっしゃるんですか？」

津田恵一は面食らった様子で、

「とんでもない！──ああ、恵子の奴《やつ》ですね。何しろませた子で」

と、苦笑して、「確かに、以前、一度だけ女をマンションに住まわせていたんですが、アッという間に家内に見抜かれ、平謝りです。それでこりて、以後は真面目《まじめ》なもんですよ」

「それがいいです」

殿永が真面目くさった顔で、「古女房にまさるものは、決してありません」と言った……。


まあ、結局、津田恵一から、決定的な証言は得られなかったわけである。

「何しろ十五年も前じゃね」

と、殿永は、亜由美を車で家まで送ってくれて、「――どうも、連れ出して、すみませんでしたね」

「いいえ。殿永さん、寄って行ったら？　きっと母が喜ぶわ」

「そうですね」

と、殿永は車を停《と》めて、「それに津田恵一の娘にも会ってみたいし」

二人して、塚川家の玄関を入ると――。

「ただいま」

亜由美は、上って、「お母さん、殿永さんよ。――お母さん」

居間へ入って、亜由美は、思い出した。今日は、父が休暇を取って、家にいるのだ。

「お父さん……」

と、亜由美はそっと声をかけた。「お母さんと恵子ちゃんは?」

「黙っててくれ……」

と、父はじっとTVを見つめて、すすり泣いている。「今、哀れな少女ジュリーが、母と引き裂かれるところなんだ。何という運命の残酷さ……」

――こりゃだめだ。

目を丸くしている殿永に、

「父は少女アニメの大ファンなんです」

と、説明して、「決して変な人じゃないんですけどね」

と、念のために、付け加えた。

「いや、よく分ります。私も〈ハイジ〉を何回くり返して読んだか……」

と、殿永が慰めるように言っていると、

「あら、いらっしゃい」

と、母が二階から下りて来た。

「お母さん、どこにいたの?」

「お前の部屋よ」

「私の部屋？」

「恵子ちゃんに、昔のお前のアルバムを見せてあげてたの。――殿永さん、どうぞお茶でもいれますわ」

「恐れ入ります」

亜由美は、

「ふーん。昔のアルバムね……」

と、肯《うなず》いていたが、やがてサッと青ざめると、「やばい！」

ダダダッと階段を駆け上った。

「――やっぱり！」

自分の部屋へ飛び込んだ亜由美は、恵子とドン・ファンが、一緒になって、下にズラッと亜由美の成績表を並べているのを見て、天を仰いだ。

「あ、先生、お帰りなさい」

と、恵子が言った。「ごめんね、勝手にこんなもの見て」

「いいのよ。どうせうちの母が見せたんでしょ」

と、亜由美は肩をすくめて、「ま、あなたも、もっといい家庭教師を捜すのね」

「え？　先生、辞めるの？」

と、恵子が目を見開く。

「だって――それを見りゃ分るでしょ。私が教えてたんじゃ、あなた来年受験しても、絶対に合格しないわよ」

こんなに素直で、正直な家庭教師がいるだろうか？　亜由美は自分で感動していた。

「ワン」

「あんたが同感なんて言わなくてもいいの」

と、亜由美は、愛犬をにらんでやった。

「先生って大好き！」

と、恵子は明るく言った。「たとえ、落ちたって構わないの。先生にずっと教えてほしい」

「まあ……。本当？」

亜由美は、胸が熱くなって、つい目頭が……。涙もろいのは、父親の血筋かもしれなかった。

「本当！　男の子の引っかけ方とか、ベッドでどうしたらいいかとかも」

「ちょっと！」

亜由美は、焦《あせ》って、

「まさか、恵子ちゃん、その年齢《とし》で——」

「大丈夫。口だけよ」

完全にのせられている。——亜由美はともかく、成績表を片付けて、引出しの奥深く、放り込んだのだった。

「——この写真、可愛い！」

と、恵子が取り出したのは、亜由美が中学生ぐらいの時の写真で——。

「ああ、これ。学芸会でね、私が花嫁の役だったの」

作りもののウェディングドレスを着て、得意げな顔をしている。——確かに、うっとりするほど可愛い（本人が言うのだから、間違いない）。

「王子様か何かと結婚するの？」

「いいえ、狼男《おおかみおとこ》となの」

と、亜由美は言った……。

7　花嫁ごっこ

「何か、お役に立てることでもございますか？」

いかにもプロという感じの、淀《よど》みない口調。

それは一年や二年の経験では、身につくものではなかった。

「ああ……。実はね、若い女性に似合うものをね」

と、その中年紳士が言った。

一緒に連れているのは、どう見ても、女子大生。——でも、親子じゃないわ、と池山《いけやま》香子は思った。

長くデパートに勤めて、色んな客を見て来ている。こういう勘は大体外れない。

しかし、もちろん、

「こちらの愛人の方のでございますね」

なんて訊《き》くわけにはいかない。

「こちらのお嬢様のでございますね」

と、池山香子は言った。「それでしたら——」

「いや、この人のじゃないんです」

と、中年男は首を振って、「それに、これは、娘じゃありません」

香子は、ちょっと面食らった。

「さようでございますか。では、どんな方のための……」

「まあ具体的に言えば——」

と、中年紳士はニヤリと笑って、「風間涼子さんに合うウェディングドレス、というところですな」

香子はサッと青ざめた。

「——やっぱり、ご存知ですな、風間涼子さんを」

「あの……何のお話でしょうか」

と、香子は必死で平静を装ったが、

「いやいや、誤解せんで下さい。決してあなたにご迷惑をかけるつもりじゃありませんから」

と、男は言って、「警察の者です。ぜひ、あなたの話をうかがいたくてね」

「警察……」

「ご存知でしょう、風間涼子さんを」

「ええ……。待って下さい」

と、香子は売場を素早く見回して、低い声で言った。「お願いです。少し待っていただけません？　今、あの幽霊騒ぎで、このデパート、大変なんです。私が風間先生の教え子だったと分ったら……」

「なるほど」

と、男は肯いた。「分りました。では、どこで？」

「あと……二十分したら短い休憩が。その時に、この五階の喫茶店に。必ず行きますから」

「お待ちしてますよ」

――香子は、息をついて、

「とうとう来たのね」

と、呟《つぶや》いた……。

「主任さん、すみません」

と、若い売り子が駆けて来る。

「はい。どうしたの？」

パッとプロの顔に戻って、香子は、そう言った。

「――さすがは塚川さんだ」

と、殿永は言った。「いい勘でしたね」

二人して、香子の言った「喫茶店」に入っている。

「別に私の考えってわけでも」

と、亜由美が珍しく控え目に、「あの恵子ちゃんが、女の子って、やっぱりウエディングドレスとかに憧《あこが》れるのかな、って言ったのを聞いて、ふっと思ったんです。もしかしたら、あの風間涼子にドレスを着せたのは、生徒たちだったんじゃないかって」

「そこで、特にあの女性が担任だったクラスの子を調べてみると、一人がこのデパートにいると分ったわけで……。やはり、あの様子からみても、ただごとじゃありませんな」

と、殿永は言って、「しかし、何だか、座っているのが辛くなる店ですな」

いちごの絵で統一された、可愛い店なのである。まず、男一人ではとても入れないだろう。

「もう二十分たちましたよ」

と、亜由美は言った。「まさか逃げたわけじゃ――」

「いや、そんなことはないでしょう」

と、殿永が言うと、ちょうど当の池山香子が入って来た。

「――お待たせしました」

と、香子は、心もち青ざめてはいたが、もう落ちついた様子。

「お仕事中に申し訳ない」

と、殿永は言った。「風間涼子さんの教え子、というわけですね、あなたは」

「はい」

と、香子は肯いた。

「あの事件について――風間涼子が着ていたウエディングドレスのことですが」

香子は、ちょっとためらってから、

「――これは、新聞とかTVに出るんでしょうか」

と、言った。

「必要がない限り、外へは出しません」

と、殿永は言った。

「そうですか……。私たち、風間先生を殺したりしてません」

「私たち？」

と、殿永は訊《き》いた。「すると、何人かのグループがあったんですね」

「ええ」

と、香子は肯いた。「私と、久代、宏美、和子。——この四人は、誓い合ってました。風間先生を、男たちの欲望から守るんだ、って」

「は？」

「少女趣味ですけど、そのころは真剣でしたわ」

と、香子は言った。「女子校にいて、男なんて、ただ汚らしいものとしか思っていなかったんです。——風間先生は、私たちの理想でした。厳しく、それでいて美しく、優しくて」

「すると、結婚すると聞いた時はショックでしたか」

「もちろんです。——裏切られた、と……。勝手ですけど、そう感じました」

「するとなぜ、あのウェディングドレスを？」

「あれは、私たちの仕返しだったんです」

と、香子は言った。

「仕返し？」

「ええ。――先生も、私たちが失望してるのを知っていて、気にしてました。私たち四人はあの日、おこづかいを出し合って買った安物のウェディングドレスを持って、放課後の学校に集まったんです。先生が残っていることは、予想してましたから」

「すると、風間涼子は、あなたたちが祝福しに来てくれた、と……」

「ええ。お祝いに、これを着てみて下さい、って、ドレスを――。先生は、嬉《うれ》しそうでした」

「それで？」

「先生は、応接室へ入って、着替えて来ました。私たちがワイワイ騒いで、先生を鏡のある所へ引張って行きます。その間に一人が――久代だったと思いますけど――先生の脱いだ服を、持ち出して、窓から外へ放り出したんです」

「まあ」

と、亜由美は目を丸くした。

「私たちは、先生に口々に、お幸せに、と言って、校舎を出ました。先生は、後で着替えようとして、きっとびっくりしたでしょう」

「じゃ、着るものがなかったわけですね」

「下着で帰るわけにはいかないでしょうから、先生は、ウェディングドレスのまで帰るしかなかったはずです。――それが私たちの仕返しでした」

いかにも女の子らしいやり方だ、と亜由美は思った。

「すると、あなたたち四人は、風間先生一人を残して、学校を出た。――誰か、学校に残っていた人を見ませんでしたか」

「いいえ」

と、香子は首を振った。

「学校の周囲をうろつく人間とか……」

「見ていません。それに、学校を出た所で、四人とも別れたんです」

「すると――」

と、殿永はさりげなく、「四人の内の誰かが、また学校へ戻っても、他の人には分らなかったわけだ」

香子は少し顔をこわばらせた。

「でも――そんなこと、誰もしていません」

強い口調だった。

殿永と亜由美はチラッと目を見交わした。

「分りました。じゃ、あとの三人とも連絡を取りたいんですがね」

「ええ……。そうだろうと思って、メモして来ました。これが今の名前です。電話番号だけで……」

「もちろん結構。いや、助かりました。なぜ死体がウェディングドレスを着ていたのか、謎《なぞ》が一つ、とけたわけです」

香子は、ちょっと時間を気にして、

「あの――もう戻っていいでしょうか。大切なお客がみえることになっているので」

「どうぞどうぞ。お忙しいのに、すみませんでした」

池山香子が出て行くと、

「あの様子じゃ、何か隠してますね」

と、亜由美は言った。

「ええ。もうこの三人とも連絡を取り合ってますよ」

「じゃ――」

「当然、みんな話を合わせているでしょうね。前もって何人かいると分っていれば、それなりに手が打てたんだが……。残念でしたね」

「これから、どうします？」

「まず――」

と、殿永は立ち上った。「この可愛い店を出ましょう」


「――もしもし」

と、久代は言った。「私、久代よ。――そう。聞いたでしょ？　警察が、私たちのこと、かぎつけて来たのよ」

電話ボックスの中は、少し暑いくらいだった。

「――ええ。大丈夫よ、そう心配しなくても……。ねえ、実は相談なんだけど」

と、久代は言った。「うちの主人がね、ちょっと事業にしくじって、困ってんのよ」

向うの話に、しばらく耳を傾けていた久代は、ちょっと笑って、

「――そうね。でも、やっぱりお金は返さなきゃね。ね、いくらか借りられないかしら」

と、言った。「――そう。その内返すわよ。――そうね、一千万ほど。――本気よ。分るでしょ？――分らない？　私はね、見てるのよ、あなたが十五年前、

あの学校へ入って行くのをね。——そう。それを警察へしゃべってもいいの？」

向うは、長い間、黙っていた。

久代は、受話器を持つ手ににじんだ汗を拭《ぬぐ》った。

やっと、向うが答えて、久代はホッとした。

「——そう。話が分る友だちを持って幸せだわ。一千万、どれくらいでできる？——あら、そんなこと言って。お宅はお金持じゃないの」

と、久代の声は、少し落ちついて、からかうような口調になった。「まあ、一週間ぐらいなら、こちらも待てるわ。じゃ、よろしくね」

久代は一方的に言って、電話を切った。

少し呼吸を鎮めるのに時間が必要だったのは、やはりいくらかは良心の呵責《かしゃく》というやつのせいで……。

「でも——いいのよ」

と、自分へ言い聞かせるように、「刑務所へ行くことを考えりゃ、一千万円くらい安いもんだわ。そうよ」

と、肯く。

電話ボックスを出て歩き出した久代の足取りには、もう、不安の影は見られなかった……。

8　孤独な女

「刈谷《かりや》和子ですか」

と、その受付の女性は言った。「ええ、おりますが」

「殿永という者です。ちょっとお目にかかってお話ししたいんですが」

「お待ち下さい」

と、受付の女性は奥へ入って行った。

殿永は、古ぼけたオフィスの中を見回した。

薄暗い中、黙々と仕事をしているのは、ほとんどが中年の主婦らしい女性。

どう見ても、「明るく楽しい職場」とは言えなかった。

「――何ですか」

と、出て来たのは、くたびれた様子の、顔色の悪い女性だった。

仕事は大変でも、それなりに輝いて見えた池山香子とは大分違う。

「刈谷和子さん？」

「ええ」

と、その女は、何十年前のデザインかと思う事務服の、破れかけたポケットに手を入れて、「困るんですよ、仕事中に呼び出されるのは。五分以上席を立つと、一時間当りの賃金の半分、カットされちゃうんです」

「半分も？」

「トイレだって五分以内で戻らなきゃ——」

と、言いかけて、刈谷和子は、ちょっと頬《ほお》を染めた。「ごめんなさい。疲れてるもんですからね。つい……」

「いや、公用ですから、何でしたら、あなたの上司の方に私が話をしますよ」

と、殿永は、警察手帳を見せた。

「——警察の方？」

と、和子は目を丸くした。

「ええ。池山香子さんから、連絡はありませんでしたか」

「香子から……。そういえば、ゆうべ電話が鳴ってたけど、酔っ払ってて、出るのも面倒でね……」

「お酒を？」

「唯一《ゆいいつ》の楽しみですもん」

「でも、体をこわされてるんじゃありませんか」

「まあ、さすがは刑事さんね」

と、和子は笑って、「胃に穴があいたことがあるわ」

「アルコールも、ほどほどに」

「お説教にみえたんですか？」

「いいえ。——実は、ご存知でしょうが、風間涼子さんのことで」

「ああ……」

と、和子は大してびっくりした様子もなく、肯《うなず》いた。「じゃ——分ったんですね」

「四人組で、彼女にウェディングドレスを着せたことは、池山香子さんから、うかがいました」

「そうですか」

と、和子は言った。「じゃ、何をお訊《き》きになりたいの？」

「いや、別に、あの池山さんのお話を、疑っているわけじゃありません。しかし、何といっても十五年も前の話ですしね。四人の方々にお話をうかがって、思い違いや、記憶違いがないか、確かめたいのです」

殿永の話し方は穏やかだった。

「――よく分りました」

と、和子は肯いて、「ちょっとお待ちいただけません？」

「構いませんよ」

と、殿永は言った。

「じゃ、ちょっと――」

和子は、その会社のオフィスを出ると、廊下を急いで歩いて行った。

殿永は、その後姿を見送っていたが、ふと眉を寄せると、

「――失礼」

と、仏頂面で週刊誌をめくっている受付の女に、「この廊下をあっちへ行くと、何がありますす？」

と、訊いた。

受付の女はポカンとして、

「あっち？　何もないわよ」

「何も？」

「非常階段だけ」

「なるほど……」

殿永は、一瞬、考えると、すぐに駆け出して行った。受付の女は、呆気《あっけ》に取られていたが、

「身投げでもするのかしら」

と、呟《つぶや》いて、肩をすくめた。

殿永は、廊下の突き当りの扉を開けて、非常階段へ出た。

足音がする。――コトコト。上って行く。

屋上へ向っているのだ。

殿永は、その軽いとはいえない体には似合わない素早さで、階段を駆け上って行った。

しかし――やはり地球には重力というものがある。体重は、いくら焦《あせ》っても、軽くすることはできないのである。

ハアハア息を切らしながら、やっと殿永は屋上へ出た。

見回すと――刈谷和子が、手すりをまたいで、乗り越えようとしている。

「やれやれ」

と、のんびりした調子で、殿永が言うと、和子がギクリとして振り返った。

「放っといて下さい！」

和子は、震える声で言った。「死ぬんですから、私」

「いやどうも……。こっちも死にそうですよ、本当に」

殿永は、五、六メートルの所まで来ると、そこにペタンと座り込んでしまった。

和子は、手すりをまたいだまま、呆《あき》れた様子で、

「何をしてるの？」

と、訊いた。

「いや、息が切れて、めまいがするんです」

と、ハンカチを出して、額《ひたい》を拭《ぬぐ》う。

「刑事でしょ。そんなことでつとまるんですか」

「全く、面目ない話です」

と、殿永は頭をかいて、「しかし、要は犯人が分ればいいわけでして」

「そりゃそうでしょうけど」

「あなたが、風間涼子を殺した、ということで一件落着ですな」

和子は、むきになって、

「私、先生を殺してなんかいません」

と、言った。

「じゃ、どうして刑事が来たからといって、飛び下りるんです？」

「それは……。先生が呼んでるからです」

「呼んでる？　あなたを？」

「ええ」

――殿永は、ゆっくりと肯いて、

「分りました。あなたは風間涼子を愛してたんですな」

と、言った。

「そうです。本当に、心から愛してました」

と、和子は言った。「誰が殺したりするもんですか」

「しかし、先生が結婚すると聞いた時は？」

「そりゃあ……ショックでした」

と、和子は顔を伏せた。「でも――仕方ないことです。先生がそれで幸せになれるのなら……。先生にウェディングドレスを着せて、私、感激で涙が出そうになったもんです」

「なるほど」

「服を隠したりするのは、いやだったけど……。でも、先生だって、許してくれたと思います。そりゃあ、優しい人だったんですもの」

「今、あなたが飛び下りてしまえば、その優しい先生を、あなたが殺したことにされてしまいますよ」

と、殿永は言った。「それじゃ、犯人を喜ばせるだけだ。そうでしょう?」

「犯人……」

と、和子は呟《つぶや》いた。

「犯人が誰か、知ってるんですか?」

「いいえ」

と、和子は強く首を振った。「知っていたら、私が生かしておきません」

「こりゃ怖い」

と、殿永は目を見開いた。「しかしね、もしかすると犯人が分るかもしれませんよ」

「本当ですか?」

「あの死体が今になって現われたのは、先生が、犯人を見付けてくれ、と訴えているのかもしれない。そう思いませんか？」

「ええ……」

「じゃ、生きて、犯人が捕まるところを、見て下さい。死んでしまっては、見られませんよ」

殿永の言葉は、和子の、こわばった体を少しずつほぐして行くようだった。

和子は、手すりから下りて、

「でも……。どうせ長くないんです、私」

と、言った。「夫ともうまくいかずに別れましたし、人に迷惑ばかりかけています。今の職場でもそうです」

「そうですか？」

殿永は、やっと立ち上って、お尻《しり》を払うと、

「さ、行きましょう」

と、促《うなが》した。

「――そうなんです」

と、階段を下りながら、和子は言った。「不器用で、いつまでたっても、手ぎわが悪くて。つくづく自分がいやになりますよ」

「それは困ったもんだ」

「ねえ。だから、こういう女は早く死んだ方がいいんです」

「しかし、案外そうでもないかもしれませんよ」

殿永の言葉に、和子は、不思議そうに、

「そう思われます?」

「ええ、まあね」

と、殿永は肯いて、「ところで、十五年前のことですが、四人が学校を出て、そこで別れたんですね」

「そうです」

「その後、誰かが学校へ戻りませんでしたか?」

和子は、階段を下りる自分の足下を見つめながら、

「私です」

と、言った。「でも——また思い直したんです」

「戻ろうとしたのは、先生に服を返してあげようと?」

「ええ」

「思い直したのは?」

「どっちにしても、服はもう汚れていて、着られないだろうと思ったからです。先生に叱《しか》られたら、悲しいですし」

「それでまた学校を出た」

「そうです」

「その時、誰か学校へ入って行く人間とかを見ませんでしたか」

「さあ……」

と、和子は考えて、「何しろ、こっちの方が、誰かに見られていないか、心配でしたから」

「なるほど」

「でも――」

と、和子は言った。「そう。車を見ましたわ」

「車？」

「ええ。車が走って来たので、急いで、電柱のかげに隠れたのを、憶えてます」

「車ね……」

と、殿永は肯いて、「ただ通っただけですか？」

「だと思いますけど……。やりすごして、すぐにこっちも逃げてしまいましたから」

と、和子は言った。「ただ、あの辺、夜は車なんかめったに通らないんです」

「ほう」

「車で行かれると分ります。学校の前の道は、他の道を通る車には、遠回りなんです。学校へ行くだけしか、普通、使わない道なんです」

「それは面白い」

と、殿永の目が光った。「じゃ、その車も――」

「学校に来たのか、それとも、ただ道に迷ったのかもしれませんけど」

と、和子は肩をすくめた。

「そうかもしれませんな」

殿永は、もういつもながらの、おっとりした調子で、「どんな車だったか、憶えていますか?」

「いいえ。夜でしたし――それに、私、車のことはさっぱり。オートバイか四輪か、ぐらいしか分らないんですもの」

と、和子は笑った。

――会社の前まで戻って来ると、

「いや、ご迷惑をかけましたね」

と、殿永は言った。

「とんでもない。――あなたと会って、何だか死ぬ気がなくなりました」

「よく言われるんです。歩くドリンク剤とね」

「まあ」

と、和子は笑った。

受付の所まで二人で入って行くと、

「ちょっと！」

と、巨大な体の女性が現われた。「刈谷さん」

「はい」

「何してんの？　あんたはね、他の人より仕事がのろいのよ。さぼってばっかりいて！　それでお金をもらおうっていうの？」

凄《すご》い迫力だった。

「すみません」

和子が首をすぼめる。

「いや、どうも申し訳ありません」

と、殿永が進み出て、「私が、用事でこの方を引張り出してしまったんです」

「あんた何よ？」

と、女傑は、ジロッと殿永をにらんだ。

「はあ、こういう者で」

警察手帳を覗《のぞ》かせると、相手もびっくりした様子で、

「な、何のご用？」

と、口ごもる。

「実は、今、話題になっている、ウェディングドレスを着た死体の話、ご存知でしょう」

「ええ、まあ……」

「実は、こちらの刈谷さんは、あの被害者の教え子でして、重要な証人なんです」

「まあ」

と、飛び出しそうな目になる。

「ですからどうしても、お話が長くなりましてね。いや、申し訳ない」

「そりゃ――でも――仕方のないことですわねえ」

「いや、そうおっしゃっていただけると助かります」

殿永はニッコリ笑って、「あなたは大変頼りになりそうな方だ」

「そ、そうかしら？　まあ——たいていの男なら、のしてやるわ」

と、変な自慢をしている。

「それはありがたい！　この刈谷さんは、大切な証人です、万一、殺人犯が刈谷さんを狙《ねら》うようなことがあったら、と心配でしてね」

「任せて下さい！」

と、その女は胸をドン、と叩《たた》いた。

太鼓のような響《ひび》きがした。

「この人のことは、私が守ってみせます」

「よろしくお願いします！　いや、これで一安心だ。じゃ、刈谷さん。またご連絡しますから」

「はあ」

和子は呆気《あっけ》に取られている。

殿永は急に真剣な顔つきになると、

「いいですね。さっきの話は、誰にも言ってはいけませんよ」

「はあ……」

「命にかかわります。いいですね」

殿永が、チラッとウインクした。

「――分りました」

「では……」

殿永は一礼して帰って行く。

「――どうもすみません」

と、和子は席に戻った。

「いいのよ！　何でも、私に相談してちょうだい！」

「はい」

席に戻った和子は、周囲の目が、まるで前と違っているのを感じた。

「――ねえ、あの女の先生ってどんな人だったの？」

「ねえ、教えてよ」

と、あちこちからつっつかれる。

「あの――仕事中ですから」

と、和子は首を振ったが……。

みんなが、和子に一目置いている。

それは和子にとって、この上なく、いい気分だったのだ。

和子は、ふと胸が熱くなるのを覚えた。

先生、ありがとう。——十五年もたって、先生は私を救ってくれたんですね……。

9　正面衝突

「お前って本当に変った犬だね」

と、呆《あき》れたように言ったのは、津田恵子。

言われたのは、もちろんドン・ファンである。

「散歩で、こんな所へ来たがる犬なんて、聞いたことない」

と、恵子は言った。

「ワン」

そう？　てな感じで、ドン・ファンがないた。

まあ、恵子が呆れるのも無理はない。

清美に言われて、亜由美の代りに散歩へ連れ出したのだが、ドン・ファンは先に立ってサッサとこの公園へ……。

犬が公園に来たって、一向に構やしないのである。ただし、この公園は、夕刻ともなると、アベックのメッカ。

まだ充分明るいというのに、ベンチでは、しっかり抱き合うカップル、身を寄せ合うアベックの花盛り。その辺の芝生でも、彼女の膝《ひざ》に頭をのせて、しまらない顔の男たちがいくらもいる。

ドン・ファンは、そのカップルたちを、いとも楽しげに（？）眺めて歩いているのである……。

「変な趣味があるんだから、本当に」

と、恵子は苦笑した。「でも——まあ、面白いわね」

「ワン」

どうやら、このペアも、気が合っている様子である。——好奇心旺盛という点では、飼主だって、似たようなものかもしれない。

「だけど——」

と、恵子は、ふと哲学的な表情になって、「ねえドン・ファン」

「ワン」

「この人たち、今はみんなお互いに好きだと思ってるわけでしょ。でも、果して
この中の何組の人たちが、結婚して、最後まで幸せでいられると思う？」

「ワン」

「そう考えると――人間の愛情なんて、むなしいわね」

小学生にして、ここまでませているというのも怖いが、ドン・ファンが、いか
にも同感というように、

「クゥーン」

と、ないたのも、怖いといえば怖いのであった……。

すると、そこへ――。

何だかいささか薄汚れた格好の、浮浪者みたいな男が、やって来て、

「ね、坊っちゃん」

と、恵子に声をかけたのだ。

「失礼ね！　私、女よ」

と、頭に来た恵子は言い返したが――。

その男が、パッと恵子の体をかかえ上げた。

「キャッー」

恵子が悲鳴を上げる。

男は、小柄な恵子をわきにかかえると、ダッと走り出した。

「助けて！——誰か！」

と、恵子は叫んだ。

何といっても、完全にかかえ上げられてしまっているので、手足をバタつかせても、どうにもならない。

「ワン！」

ドン・ファンも、呆気に取られていた（？）が、あわてて、後を追いかける。

ところが——公園の中は、まだ明るく、しかも、前述の通り、アベックが沢山いたのにもかかわらず、悲鳴を上げる恵子のことを、みんなポカンと眺めるばかりで、一向に助けようとしなかったのである。

まあ、突然のことで、ただびっくりしていた、というのも分らないではないのだが、一人や二人、助けに飛んで来てくれても、とは当然、恵子としては思ったのである。

そこへ——スーパーマンが飛んで来た、というのはもちろん間違いだが、たまたまやって来たのは、神田聡子だった。

聡子は、ボーイフレンドと二人で来たのでなく、一人だった。

亜由美の家へ行くと、亜由美は留守で、

「あの子は、ドン・ファンを散歩させてますよ」

と、清美に言われて来たのである。

亜由美ともども、何度かこの公園に来たことのある聡子は、ここがドン・ファンのお気に入りの場所であることを、よく知っていたのだった。

そして——聡子はトコトコと公園の入口の石段を上って来た。

「助けて！」

追いすがるドン・ファンも足の短さが災いして（?）、なかなか追いつかず、恵子の叫びも空《むな》しく、公園から男は恵子を運び出そうと——石段を駆け下りて来た。

聡子は上り、男は下りた。——で、二人は当然出くわしたのである。

「あ、どうも」

「いや、いいお天気で」

「さようで」

なんて言ってる、余裕はなかった。

目の前に誰かいるな、と思ったのが、聡子の最後の記憶（気を失う前の）。正面衝突。

ガン、という音と共に、聡子と、その男はぶつかり、二人はきれいに両側にひっくり返った。

「キャッ！」

恵子は、その場に投げ出されたが、幸い、身も軽いし、何とかけがもせずにすんだ。

「——ドン・ファン！」

「ワン！」

と、駆けつけて来たドン・ファンが、ペロペロと恵子の手をなめる。

「びっくりした！——でも、良かった。この人が……」

恵子は、完全にのびている二人を見下ろして、

「——どうしたらいいと思う、これから？」

と、途方にくれているのだった。

「聡子……」

と、亜由美は、親友の手首を取って、「しっかりして！　今死んだら、明日の夕ご飯が食べられないわよ！」

「そういうことを言うのか……。イテテ……」

聡子は、亜由美の家のソファで、寝ていた。「この冷血漢！」

亜由美は、ふき出してしまった。

「――全く、もう。人助けして笑われるなんてね」

と、聡子は、おでこのこぶを、タオルで冷やしながら、「もう二度と目が開かないかと思った」

「可哀そうにね」

と、清美が入って来て、「聡子さん、大丈夫？」

「もうだめです」

「何が、だめよ。その元気なら大丈夫」

「そうとは限らないわよ」

と、清美は言った。「今は大丈夫のように見えても、一週間ぐらいして、ポックリいくことだってあるのよ」

「そうよ。そこまで行かなくても、突然、泡をふいて引っくり返ったり、何かあらぬことを口走ってみたり……。いつ、どんな風になるか分らないのよ」

「そう？」

聡子は、起き上って、

「あの……帰ります、私」

「あら、もっと休んでれば？」

「でも……母にお別れも言いたいし……」

と、聡子は涙ぐんでいる。

「お母さんが、変なこと言って、おどかすから！――大丈夫よ、聡子。あんたの石頭なら、何てことない。それに却《かえ》って、それで良くなるかもしれないじゃない」

「ちょっと！　そういう言い方あるの？」

と、聡子は頭に来て、言うと、「イテテ……」

と、呻《うめ》いた。

「――どうも」

と、居間へ顔を出したのは殿永だった。

「殿永さん。あの犯人、身許《みもと》は分ったんですか？」

と、亜由美が訊《き》く。「恵子ちゃんをさらおうなんて、とんでもない奴《やつ》だわ」

「私のこぶも作ったんです」

と、聡子が主張した。

「いや、神田さん、お手柄でしたね」

と、殿永に賞《ほ》められて、聡子もついニヤニヤしている。「あの男、どうやら誰かに金で頼まれたようです。しかし、誰なのか、よく分らないんですよ」

「じゃ、私のこぶはむだだったんですか？」

と、聡子はこぶにこだわっている。

「ともかく、今、調べさせています。――例の子は大丈夫ですか」

「ええ。二階で、悩んでますわ」

「ほう」

「なぜ、アベックが恋人とは限らないか、という問題について」

殿永が目をパチクリさせていると、

「――あら、殿永さん」

と、清美が顔を出して、「いついらしたんですの？」

「ちょうど今来たところです」

「早くおっしゃって下さらなきゃ。ちょうど——何だったかしら？」

と、清美は考え込んで、「そうだわ。お電話が入ってるんです」

「私にですか？」

殿永はあわてて飛んで行った。

「——お母さんのユニークさには、かなわない」

と、亜由美は言った。「聡子」

「何よ」

「夕ご飯、食べてく？」

「亜由美は、きっとまた、凄《すご》く豪華なお食事に呼ばれてるんでしょ」

「まだ言ってんの？」

と、二人がやり合っていると、殿永が戻って来た。

「すぐ帰りませんと」

「何かありまして？」

「——あの四人組の一人、久代という女性が、殺されたんです」

と、殿永は言った。

「犯人も焦《あせ》ったもんだ」

と、殿永は言った。

「どうしてです？」

亜由美は訊いたが、すぐに、殿永の言った意味が分った。

その女が死んでいたのは、道から少し外れた草原の中で、そこで、女は車にひき殺されたのだった。

「道路なら、分らなかったかもしれませんがね」

と、殿永は言った。「彼女は気付いて逃げ出したんでしょう。あわてて犯人は車で追いかけた。――叢《くさむら》から土の所まで追いかけて、やっと追いついたんです」

地面にかなりはっきりとタイヤの跡がついている。

「――久代」

と、声がした。

「やあ、池山さん」

池山香子が、やって来ていた。布に覆われた、久代の死体を見て、涙声になった。

「こんなことって……」

「妙ですね。なぜ、この人が殺されたのか。心当りは？」

香子は、涙を拭《ぬぐ》って、息をつくと、

「――久代は、四人が別れた後、誰かが学校へ戻ったのを、見たんです」

と言った。

「誰のことです？」

「さあ。――和子か、宏美か」

「しかし、刈谷和子さんは、戻ったことを認めていますよ。もっとも、思い直して帰った、と話しています」

「そうですか」

と、香子は意外そうに、「じゃ、なぜ久代は殺されたんでしょう」

「ワン」

ドン・ファンも、くっついて来ていたのだが、何やらくわえて、やって来た。

「――これは面白い」

殿永は、ドン・ファンの口から、紙きれを受け取った。「分りますか」

「ただの新聞紙ですね」

「この形と、大きさです」

と、殿永は、その長方形に切られた紙を、ピンと張って見せた。

「――お札だわ」

「そうです。どうやら、犯人が見落としたらしい。よくやった！」

「ワン！」

どうも今回は亜由美の賞《ほ》められる場面が少ないようだ。

「どういうことですか？」

と、香子は訊いた。

「つまり、久代さんは、本当の犯人を見ているんですよ、十五年前に」

「じゃ、ずっと黙って――？」

「まあ殺されたと分ったのが、ついこの間ですからね。おかしいな、ぐらいは思っていたでしょうが」

「その相手をゆすったんですね」

と、亜由美が言った。

「そうです。学校へ入って行くのを見たぞ、とね。――犯人の方には払う気はなかったわけだ」

と、殿永は、首を振って、言った。

「じゃ、一体……誰なんでしょう？」

と、香子は戸惑っている。

「少なくとも、あなたか、四人組の中の人間ではないでしょう。お金をゆすり取れるほど、余裕のある人間ですからね、相手は」

そこへ、鑑識の人間がやって来た。

「——何か分ったか？」

と、殿永が訊く。

「タイヤはかなり高級品だ。大型車のものだよ」

「大型車？　たとえば？」

「そうだね、まあ、高いところなら、ロールスロイスとか……」

亜由美が目を丸くして、

「まさか！」

と、言った。

10　恋の道

「調べてみましたよ」

と、パトカーの中で、殿永が言った。

「誰のこと？」

と、亜由美は言って、「――秘書の井川ですね」

「ご名答です」

「何かあったんですか」

「井川はもともと、津田誠一の運転手だったんです」

「運転手？　いつごろですか」

「十五年前」

と、殿永は言った。

「じゃあ……」

「二十二、三の青年でした。ところが、ちょうどあの風間涼子の事件のあった少し後に、井川は突然、津田誠一の秘書になっているんです」

「何か理由があるんですね」

「もちろん。——分りませんか？」

当然、亜由美にも分っていた。しかし、考えるのも辛かったのだ。

分っていた。

「恵子ちゃんが……」

と、亜由美は言った。「ショックでしょうね」

「やむを得ません。真実は真実ですよ」

と、殿永は言った。「もうすぐですね」

パトカーは、津田邸の前に着いた。ロールスロイスが、門の中に停《と》まっている。

殿永と亜由美は、玄関のドアを叩《たた》いた。

しばらくして、ドアが開いた。

「やあ」

と、言ったのは、津田恵一だった。「刑事さん。それに先生も」

「津田さん——」

と、亜由美が言いかけると、

「どうぞ。お電話しようと思っていたんですよ」

と、津田恵一は言った。「ちょうどいいところへ」

「いいところですかな」

と、殿永は言った。「お父様の秘書、井川氏にお目にかかりたい」

「そこにいます」

と、津田恵一は階段の下を指さした。「もっとも、話はできませんが」

——井川は、階段の下で、死んでいた。

殿永は、歩み寄って、死体を調べた。

「首の骨が折れている」

「階段の上から、突き落としたんです」

「なぜです？」

「もちろん、これが、風間涼子を殺したからですよ」

と、津田恵一は言った。「それでみえたんじゃないんですか？」

「——いいですか」

と、殿永は言った。「井川は、お父様のロールスロイスの運転手だった。ところが、ある日、突然、秘書になる。奇妙なことですよ」

「しかし——」

「確かに、井川は、久代という女性を殺したでしょう。彼女は、ゆすろうとした。犯人をね」

殿永は首を振って、「井川は、ゆすられるほどの大金の持主ではありません。調べましたが、給料は確かに悪くないにしても、とてもまとまった金は出せない」

「分りました」

と、津田恵一は肯いた。「犯人は私です。私がゆすられて、井川に頼んで、その女を殺してくれと――」

「あなた！」

と、声がして、郁江が居間から走り出て来た。「何を言うの！」

「ご主人には、殺す理由がない。そうでしょう」

「もちろんです」

と、郁江は夫の腕をつかんで、「――殺したのは私です」

「郁江！」

「私には、立派な動機があります。風間さんは、この人を私から奪おうとしたんですもの！」

「待って下さい」

と、殿永は言った。「そう次々と自白されても困ります。真実は一つだけです」

「その通り」

と、声がした……。

「――お父さん」

津田恵一が、何か言いたげに進み出たが、津田誠一はそれを止めて、

「もういい。お前たちにこれ以上、迷惑はかけられん」

「お父さん……」

「風間涼子が、式の前になって、悩んでいたのは当然ですね」

と、亜由美は言った。「夫となるはずの人の父親からも、愛を打ちあけられていたんですから」

「涼子……」

と、津田誠一は、ため息と共に言った。「すばらしい女だった」

「息子とでなく、自分と結婚してくれ、と申し込んでいたんですか？」

と、亜由美は訊いた。

「もちろんだ」

津田誠一は肯いた。「それこそ恋というものだ。——分るだろう」

「あの夜、あなたは、彼女に最後の決断を——」

「そう。井川の運転する車で、学校へ行ったのだ」

と、津田誠一は言った。「そこで話し合うという約束になっていた」

「学校へ行ってみると、風間涼子は、ウェディングドレス姿で待っていた」

「そうだ。——てっきり彼女が承知してくれたのだと、私が思い込んでも当然だろう。ところが……」

「それが生徒のいたずらだった」

「一旦、喜びに火をつけておいて、彼女は、また私を突き放した。——カッとなって、無理やりに……。彼女が声を上げようとしたので、つい、夢中で首を絞《し》めてしまった……」

津田誠一は、首を振って、「——気が付くと、彼女は死んでいた。そして、様子を見に来た井川が、ぼんやりと立って、見ていたのだ」

「壁へ塗り込めたのは？」

「その話は、彼女から聞いていた。どうしたものかと考えている時に、ふっと思い出したんだ。当然、井川にも手伝わせて、壁の中へ、死体を隠した」

「そして、井川は秘書に――」

「そうするしかあるまい。あくどい男じゃなかったから、それで満足したが、私をゆすることもできたんだからな」

「――まだ十五年の時効には、何日かあります」

と、殿永は言った。「しかし、あなたは高齢だ。色々、事情も考えてくれるでしょう」

「そうかもしれん」

津田誠一は肩をすくめ、「ちょっと着替えて来てもいいかね」

「どうぞ」

「では」

津田誠一が、奥へと歩いて行った。

「――あと何日か、見逃していただくわけにはいきませんか」

と、津田恵一が言った。「父は、体の具合もよくないんです。あとせいぜい二、三年の命でしょう」

「これぱかりは、仕事でして」

と、殿永が申し訳なさそうに言った。

「――エンジンの音だわ」

と、亜由美が言った。

「ロールスロイスだ！」

と、津田恵一が叫んだ。「親父が、裏から出て――」

「車の運転は？」

「できません。動かすぐらいはできるでしょうが」

殿永と亜由美は外へ飛び出した。

ロールスロイスは、右へ左へとよろけるように、しかし、スピードを上げて、走っていた。

「あれじゃ、ぶつかる！」

と、殿永が言った時、遠くで、ドーン、という音が響き、赤い火が夜の中に浮かび上った。

二人はパトカーに乗って、急いでロールスロイスが燃えている場所へと向った。

慣れぬ車を運転しながら、津田誠一の目には、きっとかつての美しかった風間涼子の姿が見えていただろう、と亜由美は思った……。

「恵子ちゃん……」

と、亜由美は、霊安室で、遺体と対面して来た恵子に言った。

「でも——」

と、恵子は言った。「優しい、おじいちゃんだったよ」

「そうね。本当に」

亜由美は、恵子の肩を、しっかりと抱いてやった。

病院の玄関の方へと歩いて行くと、殿永と、それに池山香子、刈谷和子の三人が、待っていた。

「——この子を自分の家へ送って下さい」

と、亜由美は言った。

「先生の所にいちゃだめ？」

と、恵子が訊く。

「お父さんもお母さんも、今、大変な時なのよ。あなたがついててあげないと」

「——うん、分った」

と、恵子がしっかりと肯いた。

恵子は、パトカーに乗ろうとして、亜由美の方を振り返り、

「ちゃんと忘れずに教えに来てよ」

と、言った。

「——見抜かれてる！」

と、亜由美は赤面しながら、呟《つぶや》いた。

「だけど……」

と、香子が言った。「あのデパートの幽霊は何だったのかしら？」

「あれは私」

と、和子がいった。

「和子が？」

と、香子は目を丸くした。

「私、先生のこと好きだったの。知ってるでしょ」

「うん……。でも、なぜ——」

「死体が見付かっても、もうすぐ時効が来て、犯人は捕まらない。そんなのいやだ、と思ったの。先生を殺した人間が、何とかして、罰を受けるようにって」

「で、私のデパートに？」

「何かの手がかりや、話題がないと、捜査も進まないし、と思ったの。香子には悪かったけど」

「全くよ！　じゃ、中華料理の時も？」

「風間先生の名で、注文しておいたの」

と、和子は言った。

「あの幽霊はどうやったんですか？」

と、亜由美は訊いた。

「ただ、針金で作った人型に、ドレスを着せて身をかがめて、押していっただけです。あんな時だから、大げさに見えるんですね」

と、和子は、ちょっと笑った……。


「じゃ、久代って人がゆすったのは、津田誠一だったの？」

と、聡子は訊いた。

「そういうこと。井川が、代りに、その女を殺したのよ」

「ワン」

「こら！　ドン・ファン！　お前はベッドの下！」

「ワン」

亜由美の部屋である。

「ま、井川が、その女を殺すのに、わざわざロールスロイスに乗って行ったのが失敗だったわね」

と、亜由美は言った。

「でもさ、私のこのこぶは？」

と、聡子がおでこを指した。

まだ、あざが残っている。

「ああ、ありゃ関係ないの。ただ、恵子ちゃんのこと、可愛いからって、さらおうとした奴《やつ》なのよ」

「何だ……」

と、聡子はがっかりした様子で、「何かの陰謀かと思ったのに」

「仕方ないでしょ。でも、ともかく、役に立ったんだし」

「ワン」

と、ドン・ファンも慰めている。

「じゃ井川を殺したのは？」

「津田誠一よ。井川が、怯《おび》えて、金をもらって逃げると言い出して、津田誠一と口論になり、ついカッとなって殴ったのよ。そこがたまたま、階段の上で……」

「カッとしやすい人だったのね」

と、聡子が肯《うなず》く。

ドアが開いて、母の清美が、

「亜由美、電話よ。可愛い生徒さんから」

「はい」

と、亜由美は珍しく文句を言わずに立ち上った。

「──あ、もしもし、先生？」

「やあ、恵子ちゃん。どう？」

「うん。お父さんとお母さん、結構うまくいってるみたい」

と、恵子が言った。

「良かったね」

「ね、お母さんがお父さんに『何のためにあんなことしたの』って、言ってたの、話したでしょ」

「うん、憶えてるわ」

「お父さんね、一日早く帰国して、私の受ける中学に、コネ作りに行ってたんだって」

「まあ」

「お母さん、そういうことが嫌いだから、怒ってたんだわ」

「そうか。——家庭教師が頼りなくて、ごめんね」

「いいの。人間、頭じゃなくて、人柄だもんね」

と、恵子は言って、「じゃ、来週ね!」

「うん……」

亜由美は、しばし立ち直れないような気がしていた……。

この作品は、一九八九年十二月に実業之日本社よりジョイ・ノベルスとして、
一九九三年六月に角川文庫として刊行されたものです。

実業之日本社文庫　好評既刊

実業之日本社文庫　好評既刊

赤川次郎
綱わたりの花嫁

結婚式から花嫁が誘拐された。しかし、攫われたのは花嫁のふりをしていたアルバイトだった!? シリーズ第30弾、長編ユーモアミステリー（解説・青木千恵）

あ1 17

赤川次郎
花嫁をガードせよ！

警察官の仁美は政治家をかばい撃たれてしまい、その怪我が原因で婚約破棄になりそう。捕まえた犯人は取り調べ中に自殺をしてしまい――。シリーズ第31弾

あ1 19

赤川次郎
忘れられた花嫁

結婚式直前に花嫁が失踪。控室では、その花嫁が着るはずだったウエディングドレスを着て見知らぬ女性が死んでいた!? 事件の真相に女子大生の明子が迫る！

あ1 20

赤川次郎
花嫁は迷路をめぐる

モデルとして活躍する姉の前に死んだはずの妹が現れた!? それと同時に姉妹の故郷の村役場からは2000万円が盗まれ――。大人気シリーズ第32弾！

あ1 21

赤川次郎
花嫁は歌わない

亜由美の親友・久恵が、結婚目前に自殺した。殿永刑事から、ある殺人事件と自殺の原因が関係していると聞いた亜由美は、真相究明に乗り出していくが……。

あ1 22

文日実
庫本業
　社之
あ128

紙細工《かみざいく》の花嫁《はなよめ》

2024年12月15日　初版第1刷発行

著　者　赤川次郎《あかがわじろう》

発行者　岩野裕一
発行所　株式会社実業之日本社
〒107-0062　東京都港区南青山6-6-22 emergence 2
電話［編集］03(6809)0473［販売］03(6809)0495
ホームページ　https://www.j-n.co.jp/
ＤＴＰ　株式会社千秋社
印刷所　中央精版印刷株式会社
製本所　中央精版印刷株式会社

フォーマットデザイン　鈴木正道（Suzuki Design）

ISBN978-4-408-55917-9（第二文芸）